Nkenguégi

DU MÊME AUTEUR

Chez le même éditeur

Les Inepties volantes
suivi de
Attitude clando
Coll. « Bleue », 2010

Le Socle des vertiges
Coll. « Bleue », 2011

Acteur de l'écriture
Coll. « Du Désavantage du vent », 2013

M'appelle Mohamed Ali
Coll. «Bleue », 2014

Le Kung-fu
Coll. «Bleue », 2014

Et Dieu ne pesait pas lourd…
suivi de
Un rêve au-delà
Coll. «Bleue », 2016

PERSONNAGES

ERDONIDUS AMANDÉÜS.

Les invités de la surprise-partie, Paris XVIe :

CILOPHÉMÈNE
AMADOUS MAMADÉÜS
ANTAGONA DE PÉREGRINOS
BOULAS TERMINETATEUF
DODIMANUS BIENFÉTUS

La troupe de théâtre :

FORTHINIAS ONDEMINUS BARBATOUTOUS, *metteur en scène.*
SALPÉROS DE VANVIN
KAÏENPHINX
DIROSA
XANDOLANE
ERZOLERS
LAFASSA
MADÉCAMBOS

Les personnages du Radeau de la Méduse, *interprétés par la troupe :*

BERCEPHIN
OCTILA

PONDILLON DE COURFET
DOCTROVÉ
RAOUL LEGUILLEMIEN
GERMANIPOLUS
MOKOMBOSSO
LE CLOWN

GARCIAVOR DE SALVA, *directeur du théâtre.*
ELKANTHIAZAR, *un sans-abri.*
HERCULIS DE MÂMA
et ABRAMSANGER SOTO, *émigrés africains.*
MÂ BOYI.
LAPÉTA
L'ENFANT SANS NOM
DE LAFUENTÉ
LA VOIX DU PRÊTRE
LE POLICIER
ÉCURIE MOUFOUTRA

LE CHŒUR POLYPHONIQUE DES CADAVRES, *en projection :*

ROCHULUS
MBOUKOU LAFORÊT
USS ALICOUM
ALICOUM USSAN
FÉLIPOULOUS
ALEXANDER SOUNDAS
JODBIME AROBASE

I

Le jeu de la mer

ERDONIDUS AMANDÉÜS. – Je suis resté seul sur la barque.

……………………………………………………………

Et maintenant où vais-je aller ?

……………………………………………………………

J'ai quarante ans mais suis mort.
J'ai envie d'être aimé. Il faut que je sois aimé.
Je dois tout faire pour être aimé.
Être aimé c'est mon unique obsession.
Je sais rien faire. J'ai quarante ans.
Et déjà suis mort.

……………………………………………………………

(À Oderminus son frère mort à ses pieds.)

Tu vois ce silence, Oderminus, mon frère ! Il m'effraie.

(Un voile noir passe sur son visage, il s'en couvre pour ne pas voir une scène horrible qui se prépare. Juste on entend des cris de l'autre côté.)

Cette fois c'est la fin.
Le navire se précipite vers l'iceberg…

……………………………………………………

Ils se jettent tous à l'eau comme des rats.

……………………………………………………

On les jette à l'eau.

……………………………………………………

Ils se sont déplacés pour venir se faire jeter à l'eau.
Des rats !

……………………………………………………

Ça fait un drôle de brouillard dans l'âme.
Des images de suicides.

(Il ferme les yeux. Il ferme la bouche. On le voit sur l'écran de projection murmurer à tue-tête à une colonie de crabes au fond de la mer.)

J'ai commencé ma vie en la terminant. En vieillissant je reviens sans cesse vers mon enfance. Tout s'est raconté à l'envers. Et puis quand on cherche les souvenirs on se trompe. J'ai ramé à contre-courant. Mais je n'ai jamais été le même. Et jamais je n'ai été le même. Jamais je n'ai été le même. Jamais je n'ai été le même. Je n'ai jamais été le même. Jamais j'ai été le même. Je n'ai pas été le même. Je n'ai toujours pas été le même. Jamais été le même. Je n'ai jamais pu être autrement. Je n'ai pas changé. Mais je ne suis plus le même. De tout temps je n'ai jamais été moi-même. Et pourtant je n'ai pas changé. Jamais été le même. Je n'ai jamais été le même. Je n'ai jamais été le même. Je n'ai jamais été le même. Je n'ai jamais été le même. Jamais été le même. Je n'ai jamais été le même.

(Des cadavres pleuvent autour de lui. Une pluie de femmes et d'hommes tombe sous la mer et passe sur son visage aussi grand que l'écran de projection. Son visage grossit. Gros plan qui couvre tout l'écran en fond de scène. Des cadavres pleuvent sur son visage sous l'eau. Jolis et beaux cadavres, noyés, exquis, comme des anges, bien en ligne, en parfaite harmonie, en super chorégraphie.)

Je suis arrivé trop tôt. Cent ans ou mille ans plus tôt. C'est le problème de tous les gens qui viennent d'ailleurs. Trop tôt ou trop tard. Le temps est maladroit dans le corps du voyageur.

....

Trop tôt. Trop tôt pour moi. Je suis arrivé trop tôt.
Trop tôt ou trop tard pour moi.
Je suis arrivé. Trop tard. Trop tôt.

On voit les cadavres murmurer cette litanie de lamentation en pleuvant sur le visage d'Erdonidus Amandéüs sous la mer et projeté sur grand écran.

LE CHŒUR POLYPHONIQUE DES CADAVRES. – Je suis arrivé trop tôt.
Pour moi trop tard.
Trop tôt ou trop tard.
Je suis arrivé.
Trop tard.
Trop tard.
Pour moi je suis arrivé.
Pour moi c'est trop tard.

Je suis arrivé trop tôt.
Tant pis pour le temps. Je suis arrivé trop tard.
Trop tôt pour moi. Je suis arrivé quand même.
Enfin je suis arrivé.
Tant pis pour le temps.
Je suis arrivé.
Trop tard ou trop tôt mais je suis arrivé.
Trop tard.
Trop tard.
Trop tard.
Je suis arrivé.
Pour moi trop tard ou trop tôt peu importe du moment que je suis arrivé.
Je suis arrivé trop tard.
Trop tard.
Trop tard.
Je suis arrivé trop tôt.
Je suis arrivé.

ERDONIDUS AMANDÉÜS, *en gros plan sur l'écran, achève la litanie*. – Enfin je suis arrivé.
Je suis là.
Trop tôt. Trop tôt pour moi. Je suis arrivé trop tôt.
Trop tôt ou trop tard pour moi.
Je suis arrivé. Trop tard. Trop tôt.

....

Je touche le sol.
Le fond de la mer.
Le socle de l'océan.
Tout va bien.
Tout va bien.
Tout va bien.
Tout va mieux maintenant.

II

Surprise-partie
« déguisement et réflexion »

*Dans un loft tout à fait branché au vingt-deuxième étage d'un immeuble dans le XVI*e *arrondissement de Paris. La nuit. Tous les invités sont déguisés en de gentils animaux.*

CILOPHÉMÈNE, *se murmurant comme à elle-même debout devant la fenêtre, son verre de vin à la main.* – Y a quelqu'un dans une chambre. Il regarde par la fenêtre lui-même passer. *(Puis se tournant vers Amadous Mamadéüs qui a plutôt l'air de s'ennuyer à cette fête sur son canapé.)* Maintenant c'est fait. Je sais que c'est possible. Je croyais que je vivais vraiment, que j'étais réellement là, en activité, au milieu des foules, traversant la vie du coup, marchant dans les rues, alors qu'en fait j'étais debout dans ma chambre et je regardais par la fenêtre.

AMADOUS MAMADÉÜS. – On ne vous a jamais dit que vous étiez nostalgique ?

CILOPHÉMÈNE. – Non. *(Silence. Et rien ne bouge.)* C'est fou ce que ça passe vite. On a déjà vieilli. *(Puis tout reprend avec son ambiance festive.)* Je viens de comprendre le sens de mon rêve. Toute ma vie j'ai rêvé que je voulais me réveiller. Ç'a été le pire cauchemar de ma vie. Rêver qu'on s'est endormi et qu'on cherche à se réveiller.

AMADOUS MAMADÉÜS. – Alors ?

CILOPHÉMÈNE. – J'ai compris. Je dors. Jamais je ne me réveillerai.

ANTAGONA DE PÉREGRINOS, *devant une assemblée de canards laqués, trois petits cochons d'Inde et un vieux panda en train de se goinfrer debout sur une table tout en l'écoutant avec attention.* – Nous ne sommes que de la fiction. Et nous sommes bien réels. On ne pense que ce qu'on vit. On ne croit qu'à ce qu'on sait. On réalise nos rêves. On projette nos idées. On est le résultat du fantasme de nos parents. On applique des programmes qui ont été pensés et mis en place. On fonctionne selon une conception donnée. On marche dans les normes du temps. On bouge dans un cadre. On fait nos envies. On concrétise nos souhaits. Des fois on est piégés dans le rêve de quelqu'un d'autre. On monte un scénario et on joue dedans.

Les canards applaudissent en criant et sautant de joie comme après un discours, tout en continuant de se goinfrer sauvagement.

ERDONIDUS AMANDÉÜS, *sur l'écran, couché sur la barque au milieu des cadavres.* – Le vrai problème c'est que je ne sais pas de combien de temps je dispose sur la barque.

CILOPHÉMÈNE, *se murmurant comme à elle-même debout devant la fenêtre, son verre de vin à la main.* – Je veux m'affranchir de ce doute que je suis bien là au milieu des foules et que je ne me vois pas passer depuis la fenêtre de ma chambre ou encore en train de rêver que je cherche à me réveiller pendant que je suis bien couchée. *(Puis se tournant vers Amadous Mamadéüs qui a plutôt l'air de s'ennuyer à cette fête sur son canapé.)* Ça me fait penser à quelqu'un qui va chez le psy et qui raconte sa vie allongé sur le canapé, et toute sa vie se segmente par tranche de viande, boudin après boudin, merde après merde.

ERDONIDUS AMANDÉÜS, *sur l'écran, couché sur la barque au milieu des cadavres.* – Je suis bien debout dans la rue quand je marche couché sur la barque.

CILOPHÉMÈNE. – Je ne fais aucune différence quand je suis couchée et que je rêve que je suis en train de marcher et quand je marche en rêvant que je dors dans mon lit. Ma vraie position n'est ni debout ni allongée, ni endormie ni quand je marche dans la ville. Ça fait bizarre de ne pas trop savoir sa place et de trop la savoir en même temps, quoi.

BOULAS TERMINETATEUF. – C'est l'heure d'embarquer.

CILOPHÉMÈNE. – Pour où ?

BOULAS TERMINETATEUF. – Je ne sais pas. Sans doute nul ne sait, comme tous les vrais voyageurs ne savent pas où vont les voyages qu'ils empruntent. Alors installez-vous confortablement. Je crois que chacun a bien pris le soin de remplir son verre avant de commencer. Je dois commencer par vous raconter l'histoire en prenant le début de l'histoire. Celle-ci me vient d'un rescapé à bord du *Nautilus*, que j'ai découverte dans un livre et que j'ai pris le soin d'adapter à ma sauce comme on dit, avec quelques fantaisies de chez moi et des bouts d'ici et de là. Cette histoire s'appelle *Nkenguégi*. Alors je commence : « La mer est très agitée. Je me demande comment ils vont tous tenir sur cette barque. Des enfants, des jeunes, des nourrissons, des vieux… Ce n'est vraiment pas possible. Autant dire qu'ils vont tous mourir. La barque doit rejoindre le grand océan où l'attend le *Hollandais volant*. Et là il faudrait négocier avec l'intendant du capitaine, autrement dit le sous-capitaine, pour mériter sa place à bord du grand vaisseau. Dieu fasse le bol ! Comme on dit chez moi. La barque chavire. S'engloutit dans les profondeurs et remonte à la surface avec tous les passagers. Il n'y a aucun cri. Elle fait ça des dizaines de fois. Pas étonnant, les voyageurs savent que la mer les recrachera à la surface. Les vagues balaient la barque, un pauvre radeau de fortune. Je vois la fragilité de la vie, de toutes ces vies accroupies et mal en point, entassées comme des bêtes sur la barque. Mais où vont-ils ? Personne ne saura hormis le hasard. C'est quoi cette obsession qui leur fait braver les mers, les vagues, les tempêtes et la mort ? Cette force toute seule qui suffit à soulever des montagnes, les déplacer de leur orgueil, briser les mers et faire des océans des avenues du bonheur ? Ils vont faire de cette zone irritable, souvent mystérieuse, de ce village qu'est le cœur de la mer où aucun humain depuis les pas des premiers hommes n'a eu la force de bâtir une civilisation, une réelle zone franchissable où les bêtes, les cadavres, les hommes, les lois et les dieux vont cohabiter avec aucun droit à l'incertitude. Tous de façon naturelle, comme une histoire qu'on commence. C'est là la possibilité de créer un autre monde. Dépouiller toutes les peurs de leurs côtés insolites et les rendre vivables : "N'ayez pas peur." Dégager toutes les impossibilités du lendemain pour rendre concret le bassin de l'horizon. Les bateaux vont et viennent, allers et retours. L'histoire comme la trace meurt au futur et se continue dans le passé. Il n'y a plus de zone neutre. Effacer les zones neutres. Habiter l'espace. De quel droit il serait interdit de franchir les méridiens et de traverser les pôles en diagonale ? L'important n'est pas de gagner la terre, mais d'effacer la mer. Quelle force, ces gens ! Et quelle intelligence ! C'est bien la raison qu'ils ont comprise avant le monde, que la mer les recrachera à la surface et que la mort sera vaincue. Il n'y a de l'or que pour les braves. Ni la peur, ni la raison ne sont plus fortes que la volonté. Et la volonté c'est l'ultime dessein de convoquer son possible et de le rendre pratique. Ça va de soi et de personne d'autre. »

Dodimanus Bienfétus. – C'est trop lent. Abrège. J'ai l'impression que tu vas me tuer, Boulas Terminetateuf.

Boulas Terminetateuf. – Faites silence s'il vous plaît, Dodimanus Bienfétus. Merci. « La barque est arrivée au pied du *Hollandais volant*. Un SOS. Les passagers agitent des foulards. L'océan grossit comme une infinie. Plus de terre en vue. Voilà que commence le futur. Siffle le *Hollandais volant*. Le passeur monte le premier à bord du vaisseau. L'intendant du capitaine le pince entre ses bras. Puis retournant vers ses camarades de fortune il leur dit comme ça, il leur dit : "Maintenant c'est la mer." Le silence tombe. Le passeur revient vers ses hommes qui désespèrent sur la barque, après avoir échangé deux mots en sourdine avec l'intendant du *Hollandais volant* qui mâche de la chicane, il leur dit comme ça, il leur dit : "Maintenant c'est la mer !" »

DODIMANUS BIENFÉTUS. – Mais tu l'as déjà dit, Boulas Terminetateuf.

BOULAS TERMINETATEUF. – Faites silence s'il vous plaît, Dodimanus Bienfétus. Merci. « Il leur avait pourtant promis que pour mille dollars par tête il les déposerait au pied de Lampedusa. Ce qui est dit sur terre vaut sur la terre. La mer c'est la mer. Le *Hollandais volant* siffle à nouveau. La mer s'agite. Le brouillard sort des abîmes. Le temps n'appartient plus à personne. La nuit menace de tomber. La tempête est son amie. On la soupçonne de s'abattre brusquement pour fermer la boutique. L'intendant hurle : "Deux mille dollars une fois ! Deux mille dollars deux fois ! Deux mille dollars… Oui, vous là-bas ? Sept mille dollars ?" Le *Hollandais volant* lève l'ancre. La nuit s'abat sur la mer. Une tempête furieuse libère le courroux des enfers. La barque se laisse aller à vau-l'eau. Cent quatre-vingt-sept passagers, sans passeur ni boussole, perdus vers nulle part, sans route, sans image, sans ailleurs. L'errance des voyageurs maudits. Il n'y a ni pleurs, ni grincements de dents. C'est fini les histoires de Noé où les gens se fatiguaient à hurler inutilement vers le ciel. Y a rien là-haut. N'y a que l'homme qui a peur, sinon *y a foye !* Comme on dit chez moi. Puis le capitaine a faim. Le capitaine a soif. Il boit un coup et jette les hommes à la mer. Personne ne crie. On entend "plouf", et la vie continue. Puis le capitaine a faim. Puis le capitaine a soif. Il boit un coup, fini, et il jette les hommes à la mer. On entend "plouf". Personne ne crie. Et la vie continue. Puis le capitaine a faim. Puis le capitaine a soif. Il boit un coup et jette les hommes à la mer. Personne ne crie. On entend "plouf", et la vie continue. On n'en fait pas un problème. Plus le capitaine a faim, plus le capitaine a soif. Il boit un coup et jette la bouteille à la mer. Elle fait "plouf". On fait comme si on n'avait rien entendu, et la vie continue, et personne ne crie. Peut-être parce que… Peut-être parce que… Peut-être parce que… »

Silence. Tout le monde observe sur l'écran de projection Erdonidus Amandéüs couché sur la barque, perdu en plein océan, fouetté de soif et de soleil, complètement à l'agonie.

AMADOUS MAMADÉÜS. – Où est-ce que vous avez trouvé ce film ?

ANTAGONA DE PÉREGRINOS. – Je l'ai téléchargé sur Internet. Je me suis dit que ça pourrait nous servir pour notre surprise-partie « déguisement et réflexion ». Du coup Boulas s'est mis dessus. On va plutôt entendre sa réflexion.

BOULAS TERMINETATEUF. – Elles sont nombreuses les lances qui attaquent, par milliards, d'un coup, des flèches qui défendent les forteresses, par milliards, d'un coup, par milliards, les feux et les flammes au-dessus des remparts, et les barbelés des villes fortifiées.

ERDONIDUS AMANDÉÜS, *sur l'écran, couché sur la barque au milieu des cadavres.* – Une ceinture d'épines se dresse devant moi, tous les jours, bien avant d'espérer voir la terre. La mer est une liberté qui se nourrit de mensonges.

BOULAS TERMINETATEUF. – On appelle « nkenguégi » une plante rampante et épineuse qui sert à protéger les enclos des bêtes sauvages.

III

Les fauves ont attaqué
Le Radeau de la Méduse

Dans une salle de théâtre. Une jeune troupe d'acteurs cherche à mettre en scène une version contemporaine du Radeau de la Méduse.
Jouant.

BERCEPHIN. – Ils arrivent ! Malheur !

OCTILA. – Qui donc Bercephin ? Qu'ils se montrent ! Par la barbe du vieux Octila, je leur ferai goûter le supplice de mon harpon ! Prie Dieu ! Qu'ils se montrent, s'ils osent !

BERCEPHIN. – Des monstres, monseigneur. Des fauves ! Ils ont pour corps de nature femelle, mais ce ne sont pas des dames, par saint Benoît, encore moins des poissons géants. Non ! On ne saurait mieux dire. Des créatures sataniques sorties des enfers. Le Mal, monseigneur.

OCTILA. – Ce sont des sirènes, mon garçon.

PONDILLON DE COURFET. – Là-bas ! Des sirènes, monseigneur. Des femmes longues comme des avenues avec des queues parfaitement endiablées et des filets de dragon pour écailles et des tentacules qui crachent du feu. Mille gorgones ne suffiront à valoir une seule de ces créatures avec tous ces serpents qui sifflent sur leurs têtes.

DOCTROVÉ. – Attention, messires, elles nous encerclent !

RAOUL LEGUILLEMIEN. – Germanipolus, appelle la centrale. Dis-leur qu'on est torpillés par quatre nanas et une batterie de salopes.

BERCEPHIN. – Capitaine ! La poupe est fiévreusement endommagée. Nous chutons à bâbord de huit mètres.

RAOUL LEGUILLEMIEN. – Germanipolus, t'as entendu ? La poupe est fiévreusement endommagée, et nous chutons à bâbord de huit mètres. Alors magne-toi de joindre le quartier général et dis-leur de ramener leurs fesses ici, bordel. On va pas y passer, ça serait trop con de mourir pour une putain !

GERMANIPOLUS. – À vos ordres, capitaine.

RAOUL LEGUILLEMIEN. – Je veux voir tous les hommes sur le pont immédiatement. C'est un ordre !

BERCEPHIN. – Oh ! Doux Jésus ! Je n'aurais pas dû conseiller au capitaine de jeter cette fille de mauvaise vie par-dessus bord après qu'il s'en est servi pour tirer une remorque depuis le port Royal, où nous l'avons enlevée des mains de deux Sarrazins qui en voulaient pour échange une boussole et on a dû payer rubis sur or. Et maintenant que le ciel nous punit et le Diable de ces fâcheuses tendances, qu'est-ce que je peux espérer, grands dieux, pour le salut de mon âme ?

OCTILA. – Bercephin, trouillard ! Sois damné si tu faiblis ! Relève ton arme et bats-toi pour l'Empire !

GERMANIPOLUS, *à la radio*. – Allô pigeon ici cacahouète. Répondez. Aucun signalement, capitaine. Nous avons été coupés.

RAOUL LEGUILLEMIEN. – Germanipolus, sortez-nous de ce sale pétrin, pour l'amour du ciel ! Alors veuillez insister encore et encore et encore et encore et encore jusqu'à ce qu'il y ait une satanée machine parmi tous ces foutus ordinateurs qui soit capable de rétablir le réseau.

PONDILLON DE COURFET. – J'ai plus d'espoir.

OCTILA. – Pour quoi faire ? Les espoirs c'est pour demain. Battons-nous, nous qui sommes d'aujourd'hui.

Boulet de canon qui fait sauter le navire en éclats. Plus qu'une nuée de fumée qui couvre tout. Silence. Petit à petit la fumée se dissipe avec le clair de soleil couchant et la clarté de l'eau ; subtilement on voit apparaître des corps dans l'état du tableau Le Radeau de la Méduse, *parfaitement imités avec les costumes, le décor, la lumière, et tout.*

PONDILLON DE COURFET. – J'ai traversé demain. J'ai plus besoin d'espoir. Je suis dans l'espoir.

OCTILA. – L'espoir c'est pour ceux qui restent en arrière. Sur la barque. Nous, on avance. Même morts. C'est très important de résister.

BERCEPHIN. – C'est très court la vie, en fait.

PONDILLON DE COURFET. – T'as juste le temps de tousser.

GERMANIPOLUS. – Ça y est, j'ai réussi ! Capitaine ! Capitaine ! J'ai réussi à établir le contact avec la terre.

RAOUL LEGUILLEMIEN. – Ta gueule. On crève.

GERMANIPOLUS. – Et pourtant j'ai réussi.

Dans un autre coin de la scène on voit plutôt le décor d'un paysage d'Afrique, avec un soldat en tenue assis à un poste radio en train de capter. C'est le sergent Mokombosso. Une pancarte au-dessus de sa tête où il est écrit : « Base militaire de Makabana à quelques kilomètres de Pointe-Noire. République du Congo-Brazzaville. »

MOKOMBOSSO. – Bâ nani wana !
Allô ! Allô !
Wapi dinga wana mossoussou !
Bo loba ! Na zo yoka bino.
Nga ndé Mokombosso !
Mokombosso !

Germanipolus. – Capitaine. On est captés par l'Afrique.

Raoul Leguillemien. – Ta gueule, Germanipolus. Ce sont des extraterrestres.

Mokombosso. – Allô ! Allô ! Awa Mokombosso.
Bô banga té. Loba. Moto aza moto.
Nzambé ndé aza moto té. Loba.

Germanipolus. – Capitaine, l'Afrique !...

Raoul Leguillemien. – Je te dis, Germanipolus, que ce sont des extraterrestres.

Germanipolus. – L'Afrique !

Raoul Leguillemien. – Pour l'amour du ciel, mon beau Germanipolus, un extraterrestre est un extraterrestre. Et rien ne peut y faire. C'est la tragédie, mon gars.

Germanipolus. – Et pourtant elle nous capte.

Raoul Leguillemien. – Écoute-moi, Germanipolus, écoute-moi bien, écoute-moi, il ne faut pas confondre délire et hallucination. Attention, pas confondre paranoïa et paranoïa. Ne pas confondre. On est dans le *Radeau de la Méduse*, mon gars. Qu'est-ce que tu crois ? Qu'on va aux champignons ?

Mokombosso. – Soki oza mwana bato, loba.
Allô ! Allô ! Soki nzambé pé, bo loba.
Ata o za ékéko, loba na yo, papa.

Ozala élima, loba.
Ozala moulimo ya ba koko na bisso, loba kassi.
Mabé éza ndé wapi ?

GERMANIPOLUS. – Capitaine, je trouve qu'on doit quand même lui répondre. Ne rien dire, c'est un peu abusé, je trouve.

RAOUL LEGUILLEMIEN. – Germanipolus, tu es vraiment têtu comme une fille.

GERMANIPOLUS. – C'est vrai, mais on doit lui répondre, capitaine.

RAOUL LEGUILLEMIEN. – Chiant, hein. Tu ne peux pas laisser les gens crever en paix ?

PONDILLON DE COURFET. – J'ai faim !

MOKOMBOSSO. – Allô ! Allô !

PONDILLON DE COURFET. – J'ai faim !

MOKOMBOSSO. – Allô ?

PONDILLON DE COURFET. – Faim !

DOCTROVÉ. – J'ai soif !

BERCEPHIN. – Aïe ! J'ai peur.

OCTILA. – Il faut résister. Rester motivés ! Ne céder à rien. C'est le Diable. C'est la tentation de saint Antoine de Padoue. Courage, les gars. On va tous s'en sortir.

MOKOMBOSSO. – Allô ? Papa, béta lissolo, té.
Po té dzéla-dzéla, Mokombosso a dzanga mokila.

PONDILLON DE COURFET. – J'ai faim.

OCTILA. – Résistez. Soyez humains ! Vous n'êtes pas des bêtes.

BERCEPHIN. – Je veux mourir. J'en peux plus.

GERMANIPOLUS. – Capitaine, l'Afrique…

DOCTROVÉ. – À boire !

BERCEPHIN. – Vaut mieux mourir que vivre.

DOCTROVÉ. – Je boirais tout le sang du monde avec la soif qui me dévore les boyaux. Le feu est monté en moi. Je meurs à chaque humanité qui m'échappe seconde après seconde.

RAOUL LEGUILLEMIEN. – Germanipolus, celui qui ose encore crier jette-le à la mer.

Silence.

MOKOMBOSSO. – Bâ landi sango ya Radio Congo.
Bato bâ boungui wouta likolo ya mikili mia souka.
Tô pessa bango kinia pé bopoto.
Na une minute de silence oyo to sengi bino.

Passent à la place de la minute de silence, à la radio, dix minutes de rumba déchaînée de l'orchestre Extra Musica, pendant que les corps agonisent en plein soleil sur le Radeau de la Méduse.

Pondillon de Courfet. – C'est fait, j'ai réussi. J'ai pu garder le souffle pendant un moment. Je ne savais pas que c'est tout ce qu'elle demande la vie, garder son souffle pendant un moment bien précis, ne pas le lâcher avant. Si on lâche, on meurt.

Bercephin. – Avant quoi ?

Pondillon de Courfet. – Avant le climax, la tension finale, avant la fin de l'épreuve.

Bercephin. – Quelle épreuve ?

Pondillon de Courfet. – Ben... La... *(Hésitant.)* La vie ?

Aussitôt s'énerve Forthinias, le metteur en scène, qui interrompt tout.
Arrêtant de jouer.

Forthinias. – C'est une abomination ! Une monstrueuse abomination. Une félonie ! Une scandaleuse félonie. Une calomnie. Oui, une bien grosse calomnie. Du non-sens, totalement gratuit. C'est horrible ! C'est nul ! Je n'ai rien vu d'aussi dépravant de sens depuis l'arrivée du poutine-ball, et capable de faire chier les spectateurs jusqu'à la garde ! Non, mais vous vous prenez pour qui, espèces de petits prétentieux de bouffons à la solde ! C'est quoi cette merde, andouille ? Putain, Erzolers, tu ne peux pas jouer le rôle de Pondillon de Courfet et en même temps être rempli de doutes en tant que comédien. Ça ne marche pas. C'est le moment le plus crucial de la pièce. Le point culminant de la fatalité. C'est-à-dire : le sens même de la vie. Et c'est à ce moment que le vaillant Pondillon de Courfet doit livrer tout le secret de la tragédie. C'est la pièce maîtresse de tout ce travail de Théodore Géricault à Delacroix, bougre de fiotte, qui est enfermée dans une anecdote. C'est la clef du mystère de la *Passion selon saint Matthieu*, bougre d'imbécile ! Et toi tu fais quoi, bougre de… Tu m'énerves ! Tu casses tout, tu mets le personnage en doute, t'en fais un petit rigolo qui ne sait pas ce qu'il dit. Tu annules tout ! Tu fais foirer les plans. Tu me casses les pieds. Tu fous le bordel ! Tu laisses aller l'impro s'abandonner à son sort. C'est le théâtre du sauve-qui-peut. Mais de quel droit penses-tu détruire un travail de deux siècles qui a coûté la vie à des centaines de marins et de soldats ? De quel droit ?

SALPÉROS DE VANVIN. – Écoute, Forthinias. C'est vrai qu'Erzolers a fait une petite faute mais essayons de trouver une solution pour réparer la bévue et avancer. Ça fait deux ans et demi qu'on travaille comme des fous sur cette pièce, c'est pas facile pour nous, tu ne peux pas savoir ça. On devient fous, tous, fous ! Y a des moments où je ne sais plus, j'en sais rien. Je suis perdu. J'ai des larmes, des colères, des frustrations, des impuissances. J'ai envie de tout lâcher, mais je me redis à moi-même : « C'est pas encore l'heure, Salpéros, continue, allez rame, rame ! » Et j'en pleure ! Et on est tous au bout du rouleau. Cette chose, cette pièce nous a flingués. Tu peux comprendre ça quand même, Forthinias. T'es bien passé par là.

FORTHINIAS. – Oh ! Quel pitoyable talent de comédien ! Y en a pas un qui vaille un clou. Mon pauvre Salpéros de Vanvin t'as pas pu bien t'en tirer toi non plus dans ton rôle de Germanipolus. Alors tu ferais mieux de ne pas jouer les avocats du diable, parce que c'est très fâcheux tes remontrances, et je les prends pour moi. C'est moi, oui, moi tout seul, moi Forthinias Ondeminus Barbatoutous, qui bosse sur cette affaire depuis trois ans je te signale, jour pour jour. Suis le metteur en scène et concepteur de ce projet sur le *Radeau de la Méduse*. C'est mon travail ça. Et putain je vous somme de respecter le travail des autres. Ok ? De toute façon personne d'entre vous n'est assez intelligent pour comprendre ce qu'on est en train de faire. La putain de révolution. Ni toi Madécambos dans ton rôle de Bercephin que tu caricatures comme un personnage de baudruche sans finesse et sans épaisseur. Même pas toi Xandolane qui conçois mal l'existence d'un personnage de résistance, le confondant avec un bolchévique de bas étage, bourru de clichés et de la gueule de saoulard, saupoudré de violence inutile, avec une raillerie enfantine. Cet Octila que tu peines à interpréter est beaucoup plus intelligent que ta petite expérience de comédien. Kaïenphinx n'en parlons pas, ton capitaine Raoul Leguillemien me donne la nausée. On n'arrive même pas à suspecter que c'est un enfant des Lumières et que la raison prévaut en tout pour lui, et que ne peut être morte qu'une âme sans esprit et non le contraire. Dirosa, ton Doctrové me fâche qu'en parler serait me pousser à célébrer ton sens profond de vulgarité. Lafassa, t'arrives pas à faire un nègre du Congo, c'est malheureux. Dire que t'es bon à rien c'est déjà reconnaître que le rien te va parfaitement comme un gant, et c'est un trop grand mérite. Alors vous allez remballer votre rengaine et analyser tout de suite, avant de remonter sur le plateau, quelques questions cruciales de cette pièce qui vous cause tant d'infamie. Et pas de pause tabac, café, pipi, sinon alors là, j'arrête tout de suite.

KAÏENPHINX. – Ok, chef, on te suit. C'est toi le patron.

FORTHINIAS. – Tout d'abord. Vous avez omis de raconter toute la dimension contemporaine de cette tragédie, l'enfermant dans des dédales de vieux livres de cape et d'épée pour quelques aventures de marins sans esprit, vendus à la galère pour quat' sous. Il faut l'influence des technologies modernes, les effets de serre, la disparition de la couche d'ozone, les bombes sales, les accords de cessez-le-feu non respectés. Moi je vous parle de ramener *La Méduse* sur un plancher de théâtre. Et non de me montrer des gens qui s'agitent devant un naufrage de pacotille. Laissez cela aux comédiens, c'est bien le propre des imitateurs. Moi je vous parle de la bête. Du théâtre donc. L'acte sans les gants. La parole avec ses mains et sa voix. Le mal dans son visage. Il me faut la méduse sur le plateau en train de bouffer le radeau. Je dis bien : la méduse. Je ne vous parle pas de fanfaronnade avec des cordes et des bâtons, asticotés à l'aide de fils, sous forme de marionnettes géantes, ni de ces comédiens gâteux dans leurs pantomimes à vouloir à tout prix prendre le reflet pour un acte de théâtre. Je veux un crime ! Commettez un crime, et donc tout ce qui n'est pas prévu dans le code, tout ce qui ne sert ni à l'utilité ni au convenu, tout ce qui échappe au pacte comme au traité. Le théâtre est fils de désobéissance. Il ne peut y avoir de théâtre que lorsqu'on rend un contrat, et sans avertir qui que ce soit. Le théâtre sait parfaitement quand les nations ne respectent pas les accords de cessez-le-feu. Là surgit le théâtre dans tout son plus noble appareil. Vous me suivez ?

KAÏENPHINX. – On est avec toi, chef.

DIROSA. – Depuis toujours.

XANDOLANE. – On n'abandonne jamais.

FORTHINIAS. – Voilà qui fait plaisir à entendre. Dis-moi, Erzolers, comment conçois-tu la vie dans la peau de Pondillon de Courfet ?

ERZOLERS. – Ben, la vie c'est juste une épreuve qui dure quelques secondes, enfin façon de parler, car la vie se joue toujours à un fil, passer ce fil c'est la grâce, ce n'est plus la vie. Ouais ! Tu pourrais toujours te payer un problème si t'as le temps, mais c'est vachement loin de ce que c'est que la vie, c'est-à-dire se réveiller dans ses godasses et se dire attends : « Attends, je m'appelle… » Et t'es embêté. Ton nom te fuit. Tu le cherches dans la glace de la salle de bain. Tu marches sur le trottoir et tu t'arrêtes devant une baie vitrée pour te palper deux fois, question de savoir si t'es bien là, ou si le gars à la place du mannequin c'est bien toi. Et tu descends dans un café, et tu te retrouves près de la glace, et là t'arrêtes pas, tu te fais tout. Après tu vas dans les chiottes et ça dure six heures, t'as pas encore touché aux WC depuis, t'es toujours là devant la glace des chiottes à te refaire le monologue éternel du moi et du surmoi. Puis tu veux comprendre à quoi ça correspond tout ça... Mais t'arrêtes pas. T'attends de choper la maladie du bonheur.

FORTHINIAS. – Mais c'est ça la pensée et l'esprit du vaillant Pondillon de Courfet. Cet homme est le génie des abîmes, et toi tu es son illuminé. C'est exactement comme ça qu'il faut le jouer et pas autrement. Alors dis-moi, puisqu'on semble bien avancer dans les tunnels de la mort qui éclaire notre grand ami, crois-tu que tous ceux qui souffrent méritent la grâce ?

ERZOLERS. – Après, la grâce ça dépend.

FORTHINIAS. – Ça dépend de quoi ?

ERZOLERS. – Ça peut bien être la mort, un jardin secret, ou le succès, le bruit dans la presse, la fortune, l'abandon, ou mieux la retraite, se caser, rester au pieu à bouffer des œufs sous les draps, se ranger, ou attendre avril pour goûter le printemps, ou même s'asseoir tout simplement au bord du feu et se raconter des histoires, ou encore rien du tout, ça c'est le comble du comble du bonheur, plus dingue que le luxe c'est le rien du tout. Ça peut bien être aussi s'acheter une télé, avoir un chien, ou une femme qui mesure quinze mètres, le bonheur ça peut bien être tomber dans Obélix et ne plus avoir froid, chasser la peur, vivre avec les lions, changer des têtes en fleurs, distribuer des capotes, braiser des pigeons, remixer ses instants de grâce...

FORTHINIAS. – Cet homme en vaut cent. Chers amis, retenez bien ce que je vais vous dire : Ne communiquez rien de vous à vos personnages. Ils feront de vous des monstres.

SALPÉROS DE VANVIN. – Tu nous l'as déjà dit.

FORTHINIAS. – Pardon ?

LAFASSA. – Tu nous l'as déjà dit la semaine dernière.

MADÉCAMBOS. – Le mois passé aussi. Et l'autre mois avant.

LAFASSA. – L'année dernière.

SALPÉROS DE VANVIN. – Tout le temps.

MADÉCAMBOS. – Tu l'as déjà dit.

FORTHINIAS. – Alors point n'est besoin de reprendre la leçon. J'estime que personne n'a de problème d'audition ni de mémoire d'ailleurs, et que le cerveau va bon train quand la passion déchaîne les sens. Sur ce, mesdames et messieurs, on y retourne. Attention ! Silence. On se concentre. Et top c'est reparti !

Les acteurs se remettent en position de jeu, interprétant leurs personnages dans Le Radeau de la Méduse.

FORTHINIAS. – Et n'oubliez pas la dimension contemporaine du sujet.

Jouant.

PONDILLON DE COURFET. – Si le soleil m'écoutait... Si seulement le soleil m'écoutait... J'ai dit au soleil de m'écouter : « Soleil, écoute-moi ! Écoute-moi un peu quand je te parle... » Ben non ! Il a tourné le dos comme une veste, puis il a pris la direction de la main qui mange. Mais je sais ne pas être idiot. D'autres soleils viendront, les bateaux en sont pleins à craquer. C'est lourd les montagnes. Lourd à déplacer.

DOCTROVÉ. – Qu'est-ce que tu racontes ?

PONDILLON DE COURFET. – J'ai une belle vue d'ensemble. Tout à l'heure quand je parlais de changer des têtes en fleurs j'étais vraiment sérieux. Au revoir lune, au revoir soleil ! Nous sommes arrivés enfin à pénétrer un autre mystère, celui des changes. Genre : « Hier c'était son fils, aujourd'hui il l'a transformé en p'tit chat. »

(Il chantonne.)

Mon p'tit chat pourquoi es-tu si triste ?
Ta maman est partie chasser des souris.
Seul dans ton panier tu t'ennuies.
Miaou ! Miaou !

Arrive du fond de la scène un clown qui vient se positionner au milieu du Radeau de la Méduse *avec un petit chat dans ses bras. Apparemment c'est une fille mal déguisée en clown. Elle soulève le petit chat en l'air, face au public. Elle crie : « Le p'tit chat ! » Puis elle le dépose sur le mât tordu du radeau.*

LE CLOWN. – Le p'tit chat, faut pas croire que c'est le p'tit chat. C'est pas le p'tit chat. Chante, le p'tit chat. C'est quoi le p'tit ? C'est le p'tit chat. Explique, le petit chat. Allez, sur le p'tit chat. Le p'tit chat, c'est lui. C'est lui le p'tit chat. Il fait le p'tit chat, chante le p'tit comme lui, désigne-le. Chante le p'tit chat quand il fait p'tit chat. Tu fais le p'tit chat comme ça. Et il commence à pleurer. Faire le p'tit chat avec des poils. Tu fais avec des poils comme p'tit chat. P'tits poils hérissés, et il est timide le p'tit chat. Et le chat du p'tit ! C'est pas comme ça le p'tit chat, il dit pas le chat du p'tit. Maintenant peut plus le p'tit chat. Veut pas comme ça, le p'tit chat. C'est pas comme ça, le p'tit chat. Quand le p'tit chat ne peut plus, et que tu fais le p'tit chat, le p'tit chat il n'est pas, il n'est pas d'accord. Il ne veut plus faire le p'tit chat. Il est, il est le p'tit chat. C'est tout. Et p'tit chat tout p'tit, tout, il est de la même taille et quand il dit… il est il est, il est tout p'tit p'tit, il est p'tit quoi. Mon p'tit chat, et il ne fait, il, tu lui dis, et il te fait. Voilà. Et il est gentil mon p'tit chat. Et lui il te dit oui et p'tit chat tout gentil il fait oui… heu… non. Il joue et il a dans ses yeux mon p'tit chat, il, il a dans ses yeux. Et sa queue… et il est mignon le p'tit… il… il… et vous, vous faites peur et peur et mon p'tit chat il n'est pas méchant, il est gentil… et il met dans la tête de l'eau, le chat, et elle, elle lui chante des chansons, et le p'tit chat personne ne, ne, et il le, et moi suis une gentille fille. P'tit chat aussi. Mais vous, vous… voyez le p'tit chat… et le, et dites, et vous criez tout le temps. Et le… vous voyez pas le p'tit chat, même pas lui fait de… et de l'eau et moi suis une fille gentille… chat… parce que vous ne… faites que crier. Et le… p'tit chat fuit parce que vous ne croyez pas que le p'tit chat il est tout p'tit… Il est joli… Il est joli mon p'tit p'tit chat… Il est trop joli. Et moi je veux p'tit chat. C'est mon petit chat. Moi je veux bien, mais je connais pas le p'tit chat. Je veux bien mais qui connaît mieux le p'tit chat à part moi ? Suis, heu, suis un peu le p'tit chat. Je connais la chanson du p'tit chat. Je connais le p'tit chat. Je… connais… mais il faut m'apprendre à… à chanter le p'tit chat. Bon ça doit marcher, je connais les paroles. Allez, viens, mon p'tit chat. Tous les trois chatons chantent et chantonnant la chanson du p'tit chat… « Mon p'tit chat pourquoi es-tu si triste ? Ta maman est partie chasser des souris. Seul dans ton panier tu t'ennuies. Miaou ! Miaou ! » Tu fais rock'n'roll, sale p'tit chat. Crie ! Crie ! Comme dans ma tronche, et ça pue ! Pue comme tes poils de p'tit chat sauvage ! Je prends mon sans plomb, j'ai plus de mélange, je mets du super sans plomb et je te bute la tête, p'tit chat voyou. Je braque une vieille parce qu'elle a deux vieux chats, et p'tit chat, et p'tit chat lui crache à la gueule, et la vieille lui dit : « Mais qu'est-ce que je t'ai fait, gentil p'tit chat ? » Et le p'tit chat lui dit : « Je t'emmerde ! » Et la vieille s'effondre dans les bras de, de ses gros vieux chats, et les gros lui chantent une berceuse, et la vieille tombe dans les pommes. Tombe dans les pommes. Allez, tombe dans les pommes ! On entend les trois chatons du p'tit chat chanter. Chanter. Et la vieille chante, et le p'tit chat lui dit : « Espèce de vieille, chante ! » Et la vieille chante. Et la vieille chante la chanson du p'tit chat parce que le p'tit chat il est gentil. Chante toujours très mal, la vieille chante toujours très mal, et ne retient jamais les paroles, et le p'tit chat lui dit : « Si tu continues à jouer à la p'tite conne avec moi, vieille matou, tu vas avoir de mes nouvelles, je te livrerai aux, je te livrerai, je te livrerai aux phobiques et ils te mettront dans du pâté, et tu vas crier, et tu vas crier comme dans ton cul, dans ta tronche de vieille matou, ta tronche de sale pute de vieille ex-chaton, ta tronche, tu vas faire rentrer ça dans, félin qui pue avec ces mecs, ton cul ! » Et tout le monde chante, et le p'tit est, il est en colère dans ma tronche comme ton cul ! Dans ton cul ! Cul ! Et là dans mon cul ! Ça pue le mélange dans ta tronche ! Ta tronche de vieille et nique ta mère ! Et la chanson du p'tit chat, le p'tit se déconstruit, et pas le p'tit chat mais la chanson seulement, parce que le p'tit, lui, il est fort toujours, et on assiste à une espèce de, de, p'tit chat qui est fort toujours. Je vais te… t'as… ta… putain de p'tit, tu m'emmerdes ! Je vais t'en balancer une ! Te claquer en l'air ton cul ! Et je vais te !… Vais te… bouffer tes couilles amères de p'tit chat ! Après… te braiser… chier tous tes… ta… ton p'tit chat de merde ! Et ça pue le mélange… ta bouche… de ta… ta, ta chatte de ta race de vieille pute de ta mère ! Et dans ton cul ! Cul ! Et tu vas te… vais te déchirer… et ta langue… je vais la mettre en cravate ! Tu vas… tu vas… voir, p'tit de mes deux, et je te pisserai dans ton cul ! Et ton nez aussi… je te… pisserai dans ton nez, tu vas éternuer ta mère tu vas voir, enfoiré de p'tit chat ! Dans la bouche ! Et ton père… ton père aussi il nique ta mère ! Et ta… ta vieille nique ta mère et aussi p'tit chat ! Et moi je… je… je suis pas ta mère ! Je te ferai pas de câlin, t'as, t'as qu'à crever, t'es trop con, avec tes miaulements tu crois que tu vas me, tu, tu, ne, tu ne m'attendris pas. Compte pas sur moi. Après je lui pète à la figure toute ta race, et ta mère aussi… et je lui donne ça, après… après je dis que, je dis : « Et bouffe ça », et il bouffe sa mère ! Et ton père, il bat ta mère ! Ton frère, il a… il a, il n'a pas de sœur, et ta sœur elle pisse au lit, et moi je sors pas avec ton frère. Et je lui casse les, les… je lui pisse dans le… lui ton cul et après je lui… le… fais… lui fais bouffer des pâtes et des rats crevés et tous les, les rats aussi. Et je lui mets la fourchette et je… je tourne… et je tourne dans, dans… et lui, et tu cries, tu cries… et pleures dans ta mère de p'tit chat comme… et je te bouffe le chocolat et je te bouffe les cookies et tous les Pépito, et pleure ! Après… après tu… tu demandes pardon, et je te dis… et je dis : « Lèche mes pieds ! Lèche mes pieds je te dis ! Putain, tu me lèches les pieds, oui ? » Après je te… je te, pas de bisou et tu me lèches les… p'tit chat, t'entends ? Lèche-moi les pieds ! Et tu… dans le… le truc, il le, tu vas et t'as des puces dans ton cul ! Et je te le… le cul est ton cul ! Je te le, dans le, et avec des ciseaux je… te je… je t'ouvre tes oreilles et je te déconfectionne dans ta tronche, tu pisses… tu chies, tu vois tout quoi, et tu pisses ta race ! Tu dis merci… et moi j'ai pas peur… et je te dis que j'ai pas peur. Je te… je te… continue, continue et je te mets dans l'assiette, et puis je… je te bouffe ! Voilà, quoi. J'ai pas peur, je suis une fille. Bouffe tous tes, lui, heu, c'est comme ça je te, je… Oui ! Saigne-le ! Et vas-y sans pitié ! Rentre-lui dans le dindon ! Bousille-lui le lard ! Et la pouffiasse de ta vieille matou aussi tu lui fais sa gueule, parce que je… j'aime les vieilles. Je te dissèque… et après te donne à mon chien, et je t'attache à mon chien… et après je lui fais écouter du rock et je… je lui casse les pieds et mon chien danse… et y a, y a son… y a sa queue qui tombe sur le réchaud à gaz, je… je le fourre dans le micro-ondes… et après je lui bouffe son cul et après il pleure. Et tu cries, et je vais te… te, dans, putain, tu, sais pas. Et après je te donne aux… merde ! Je te donne aux anges. Je te dis : « Moi j'ai pas peur, suis une fille. » Pauvre p'tit, ils l'ont gaspillé. Malheur. C'était un pauvre p'tit chat et moi suis une fille toute gentille. Et le p'tit chat parlait pas, disait rien. Je lui ai appris la chanson du p'tit chat… et maintenant, non… C'est pas vrai. C'est trop injuste ! Les chats sont injustes. Je me tourne vers la vieille matou, ex-chaton, et lui dis comme ça, et lui dis : « Et, toi, toi, qu'est-ce que… qu'est-ce que tu… tu dis que, que je vais… et t'es… t'es qu'un sale véritable pâté ! Voilà ! Tu pues et tu pues. » Et je la donne à mon chien. Tu vas crier dans son museau, tu vas voir la musique ! Va te chier… et ta mère, aussi, ton père, et tes mecs aussi… et avec tes rognons, je vais te… ah !, faire, vais faire des galettes pour ta mémé. Et il, et elle, que je, fais, fous lui, et jette parce que, et je te déchire ta face cirée de caoutchouc de Chat Botté, et je la tartine sur ma… ma, sur ma chaussure et je te fais bouffer de la neige dans ton cul ! Et tu… tu… tu vas pleurer et toute ta merde va, va nous faire plaisir mon p'tit et moi, et grave parce qu'avec des couteaux je mets des cigarettes dans tes miauleries… et tes narines fument, et je mets du piment, piment beaucoup, et alors je te, fais, comme un chien, tu jouis avec du piment dans ton cul. Je te bave. Et je te morve. Et tu… après tu, et le chien que tu fais il aboie, et tu aboies, et aboies, et il aboie, et vous, et les deux, et avec vos quatre pattes je vous tue tous les deux. Suis une fille, à quatre pattes, et tu aboies dans ta gueule, et mon chien il t'encule, et toute ta race jusqu'à la gorge. Et son père, et ton père je ne le connais pas, il crie devant ta vieille et il lèche ses doigts devant la télé, et dans sa bouche il suce ses doigts. Et ton père mange du chocolat, ton père, il a un gros ventre et… et il boit de la bière, et il regarde le foot. Et ta mère fait du jogging tous les matins, elle, elle te gerbe, elle va à l'église ta mère… et toi tu… tu, connasse de matou, tu, tu fais la putain à la plage ! Et tu… tu… tu niques ton chat ! Moi suis pas rigolote, suis une fille. Vous ne pouvez pas interdire ça… parce qu'elle est… il, le p'tit chat. Je t'ai aidé, moi, le p'tit chat. Je t'ai appris la chanson du p'tit chat. Et voilà comment tu me remercies. Et ton… ton merci je te le prends pas. Tu vas pleurer et je vais enregistrer ça. Je pense qu'on va enregistrer avec mon chien. C'est trop injuste. Et moi je peux pas supporter ça, p'tit chat. Et tu pleures… et dans ta tête aussi ! Et tu… à dix ans tu battais tes parents, et ta sœur, elle t'attachait au lit ! Moi je te… je te hais, et je te… crache. Je te peux pas. Non, je ne veux pas te soulever. T'es… t'as vu, je suis, et quand je te… après tu vas te rentrer ! Et tu cherches, tu cherches ta mère, et tu veux bouffer ta mère… veux pas te… D'abord t'es pas une fille. Tu dis, et tu, cries que… Et d'ailleurs t'es qu'un kangourou ! Et ta sœur elle fait de la boxe. Moi je fous le, et lui comme tu… tu… vas t'en prendre une, p'tit chat ! T'as… t'as… et moi je… et je dis que t'as pas de couilles ! Je t'ai demandé une chanson, c'est une belle chanson. Tout à fait originale. Et toi tu veux chanter le p'tit chat. P'tit chat, chante le p'tit je te l'ordonne ! Si tu peux pas alors dis un mot pour le public, et ne miaule surtout pas. Dis un mot pour remercier ton public. Allez, allez p'tit chat, allez, putain tu vas causer sinon c'est terminé pour toi le cirque. Tu vas me péter de honte, connard ! Votre attention mesdames et messieurs, Darkie, mon p'tit chat, a un mot gentil pour son public chaleureux qui a été très, très très ému de le recevoir ce soir… Putain, tu te lèves ? L'enfoiré ! Et le p'tit chat là me dit devant tout le monde : « Je t'emmerde ! », et puis il regarde le public et il dit silencieusement au public : « Vous aussi ! » Et après il prend, et il prend sa queue entre les pattes, et il se tire. Et moi je pleure mon p'tit chat. Il était trop gentil, trop mignon. Je veux qu'on me chante la chanson du p'tit chat. Il fait, il fait le p'tit chat, et vous, vous faites aussi et le p'tit chat, je suis une fille, et, et, le p'tit il est parti. Et sans s'emmerder ! Le p'tit chat !

FORTHINIAS, *criant au régisseur depuis sa table de metteur en scène.* – Gosko, envoyez les applaudissements des spectateurs !

Bruit des spectateurs qui applaudissent pendant qu'on projette le vrai tableau du Radeau de la Méduse *en fond de scène sur grand écran. Et tous les acteurs sur scène chantent* Le P'tit Chat *à l'unisson.*

LE CHŒUR DES ACTEURS DU *RADEAU DE LA MÉDUSE*.

Mon p'tit chat pourquoi es-tu si triste ?
Ta maman est partie chasser des souris.
Seul dans ton panier tu t'ennuies.
Miaou ! Miaou !

Arrivent à ce moment du côté du public le directeur du théâtre, qui répond au nom de Garciavor de Salva, avec un sans-abri nommé Elkanthiazar et deux jeunes émigrés africains : Herculis et Abramsanger, très noirs. Ils traversent le public tout embarrassés.

Hormis le directeur du théâtre qui est tout en joie, les trois autres sont en colère.

HERCULIS DE MÂMA. – Nous sommes entrés dans une salle et c'est bien un spectacle. C'est ce que je dis, nous sommes arrivés. C'est étonnant que je ne trouve rien d'autre que du spectacle. Une scène, un rideau, des pendrillons, des gradins, un décor, la foule sur le décor, des supporters sur scène. Y a un type qui m'a dit en entrant qu'on devrait songer à mettre quelques machines à sous, ça renforcerait le côté universel du théâtre populaire. Une grosse teuf avec des barbes à papa qui pendouillent au plafond. Mince alors ! On ne m'avait pas dit que c'était un spectacle de théâtre dans une salle de spectacle. C'est mort. Fait chier ! *(À Garciavor de Salva.)* C'est ça que vous m'avez promis ? Putain, mais faut que je sois taré comme un mouton ! Quoi ? Vous croyez que c'est tout ce que j'avais à foutre, moi ? Vous pensez vraiment que c'est vraiment pour ça que j'ai traversé la Méditerranée ? Non, mais attendez, j'ai risqué ma vie, la mer, les bateaux, la barque, Lampedusa, pour une connerie de théâtre… ? Vous vous foutez de ma poire ! Faut respecter les gens quand même. Vous croyez que c'est tout ce que j'ai à foutre, moi ? Faire marrer les gens ? Tu m'as promis, non ? Du travail ! Mais ça, ça, ça, ça, ça là… Non ! Non ! Non Garciavor de Salva et non pour l'amour du prochain, tu ne vas pas me la jouer comme zozo. C'est insuffisant ! C'est métier de salopard, ça.

GARCIAVOR DE SALVA. – Mais mon cher ami tu savais bien que j'étais un directeur de théâtre quand je t'ai proposé du travail.

ABRAMSANGER SOTO. – Du calme, tout va s'arranger. *(À Herculis de Mâma.)* Je crois, mon très frère Herculis de Mâma, que tu t'es fait voler un rêve. Y a un type qu'on appelle « le voleur de songes ». À bien voir il n'est pas voleur. C'est un trafiquant. Il fait des transactions à bord du *Hollandais volant*. Tout le monde le laisse faire. Mais on n'a jamais mis la main sur lui. À vrai dire aussi on ne connaît même pas son visage, encore moins son nom. Mais on sait qu'il existe. Le voleur de songes se permet de permuter les rêves des voyageurs dans la cale. Il a dû échanger le tien contre celui d'un comédien pendant le voyage. Désolé.

HERCULIS DE MÂMA. – Un si long et périlleux voyage pour finir dans une salle de théâtre. C'est quoi la blague je me demande ? Où est la blague ? Qu'elle se montre !

GARCIAVOR DE SALVA. – Une salle de théâtre, le lieu de la fin, là où la mer s'est arrêtée, là où Dionysos a commencé, là où Ulysse a terminé.

HERCULIS DE MÂMA. – Purée de théâtre ! Je ne pouvais pas tomber pire. Ah ! La vache ! Fallait que je sois vraiment naze cette nuit-là dans la cale pour me faire piquer mon rêve.

Tous les quatre repartent par là où ils étaient venus. Les comédiens reprennent en chœur la chanson du p'tit chat dans leur position du Radeau de la Méduse. *Revient Herculis de Mâma, seul, par le même chemin. Les comédiens s'arrêtent immédiatement et observent le silence.*

Forthinias, *au public désignant Herculis de Mâma.* – Ça c'est moi y a quinze ans quand j'avais débarqué du bateau.

Herculis de Mâma, *debout au milieu du public, fixant le public dans les yeux.* – Je n'arrive même plus à savoir où est-ce que je vais atterrir, et dans quelle lubie je compte verser.

Forthinias. – Une fois que j'ai eu dit ça je décidai dès lors de raconter mon voyage au théâtre pour essayer de trouver ce qu'avait été mon rêve avant que le voleur de songes ne me le pique à bord du *Hollandais volant*.

Herculis de Mâma. – Mais pourquoi le public sur ma scène ?

Forthinias. – Je voulais que ce soient les autres qui interprètent mon histoire. Je voulais que ce soit l'histoire des autres qui puisse raconter mon histoire. Une autre histoire pour la mienne. Alors je me suis dit : « Plutôt que comédien je vais être metteur en scène. »

Herculis de Mâma. – Je ne sais plus où j'en suis, moi.

Forthinias. – Quand on ne sait plus où on en est, c'est qu'on est perdu. D'où le *Radeau de la Méduse*.

Noir.

HERCULIS DE MÂMA. – Si ça se trouve on est encore dans la cale. Le ventre du navire où transpirent les lendemains qui bouillonnent comme des tripes en rut d'avenir. Sombre nuit de fantasmes. Et délirer à ce point est une forme de jouissance sans être le bénéficiaire du plaisir. Une simple lumière m'apportera la réponse : la première lumière qui se montrera dans ces ténèbres, fût-ce une étoile qu'on verra depuis la cale.

ERDONIDUS AMANDÉÜS, *sur l'écran de projection, couché la nuit sur la barque, totalement en délire.* – Je suis sans doute encore sur la barque à faire fructifier mes fièvres, les moustiques et les geysers, les mirages qui se transforment en théâtre avec foule et décor sur la foule, et des lions qui aboient à l'entrée avec des chats qui se changent en clowns. Une simple lumière m'apportera la réponse : la première lumière qui se montrera dans ces ténèbres, fût-ce une étoile qui se pointera au large ou un bout de soleil à l'horizon, un bateau pirate, une police des frontières, l'Interpol ou autre connerie de ce genre. Ça m'est égal. Une lumière est une lumière fût-elle aussi sombre que le jour dans les entrailles de la mer. Une simple lumière m'apportera la réponse, à savoir qui je suis ? Où vais-je ? En quoi suis-je transformé ? Est-il encore question de moi ? Depuis quand n'y a-t-il plus de moi ? Où sont passés les autres ? Brouillard ou mirages ? Voile noir sur le visage. Ils ont tous quitté la barque. Qui, « ils » ? Est-il encore question des autres ? Ne suis-je pas seul au monde ? Seul dans le doute et le froid ? Le bruit des silences intérieurs qui tambourinent comme des assassinats réclamés par l'oubli. Les autres, est-ce peut-être ce désordre de la pensée quand le corps meurt, meurt la réalité avec, et naît la richesse de l'oubli, le commencement de la transe, le devoir de la cendre… ? Ce désordre que je porte comme un tout, absolument convaincu de mon infaillibilité alors que faillible je suis et je resterai. Ce grand désordre qui parle en moi et prend ma place. Ce n'est pas moi qui parle à sa place. Moi c'est rien du tout. Je ne peux croire que j'existe encore. Réellement cela ne semble plus possible. Y a un truc en moi qui délire. *(Parlant à son ventre.)* S'il vous plaît, machine intérieure, soyez sympa rembobinez, faites tourner la bande. Faites tourner la bande. Faites tourner la bande… S'il vous plaît…

BERCEPHIN. – Des monstres, monseigneur. Des fauves ! Ils ont pour corps de nature femelle, mais ce ne sont pas des dames, par saint Benoît, encore moins des poissons géants. Non ! On ne saurait mieux dire. Des créatures sataniques sorties des enfers. Le Mal, monseigneur.

DOCTROVÉ. – Je boirais tout le sang du monde avec la soif qui me dévore. Le feu est monté en moi. Je meurs à chaque humanité qui m'échappe seconde après seconde.

PONDILLON DE COURFET. – C'est fait, j'ai réussi. J'ai pu garder le souffle pendant un moment. Je ne savais pas que c'est tout ce qu'elle demande la vie, garder son souffle pendant un moment bien précis, ne pas le lâcher avant. Si on lâche, on meurt.

ERDONIDUS AMANDÉÜS, *sur l'écran de projection, plongeant au fond des abîmes avec une pluie de femmes et d'hommes sur son visage en gros plan.* – Je suis encore dans la mer, au fond des abîmes. On me croit mort. Mais je survis dans l'imaginaire du théâtre. D'ici dans les fonds marins, les monstres ont les plus lyriques des fantasmes, je m'y perds et je m'y noie.

ROCHULUS, *sur le visage d'Erdonidus.* – Oui, je me noie au fond de la mer.

MBOUKOU LAFORÊT, *sur le visage d'Erdonidus.* – Dans l'océan même les requins se noient.

USS ALICOUM, *sur le visage d'Erdonidus.* – On est dans la salle, on est dans la cale.

ALICOUM USSAN, *sur le visage d'Erdonidus.* – On est dans la cale, on est dans la salle.

FÉLIPOULOUS, *sur le visage d'Erdonidus.* – Même les crocodiles ont peur des gouttes d'eau.

ALEXANDER SOUNDAS, *sur le visage d'Erdonidus.* – C'est compliqué. C'est très compliqué.

JODBIME AROBASE, *sur le visage d'Erdonidus.* – C'est très compliqué.

HERCULIS DE MÂMA. – Je ne peux pas crier : « Lumière ! » Je suis dans une situation qui ne me le permet pas. Et pourtant il fait noir. Je ne peux pas crier : « Lumière ! » Je suis dans une situation qui ne me le permet pas. C'est pas possible, je ne peux pas continuer à tenir dans ce noir ! J'ai la phobie.

J'enrage. J'ai envie de crier comme dans mon rêve, mais je ne peux pas me réveiller. Je suis dans une situation où je n'ai aucune possibilité de crier. Je ne peux pas crier : « Lumière ! » *(Pause. On l'entend respirer très fort, presque essoufflé.)* Je suis dépourvu de mon rêve. Mais je suis encore en vie. Encore en vie. Je pensais que j'allais en mourir. Mais comment tenir une fois qu'on a perdu son rêve ?

L'écran se fait légèrement transparent dans le noir. On aperçoit derrière l'écran la surprise-partie dans le loft à Paris XVIe.

CILOPHÉMÈNE, *se murmurant comme à elle-même debout devant la fenêtre, son verre de vin à la main.* – C'est pas une fête, c'est triste. On fait semblant de s'encanailler mais ça ne marche pas. C'est tellement fort ce qui se passe dans ma tête que je ne peux pas être à donf. C'est du mensonge tout ça !

AMADOUS MAMADÉÜS, *qui a plutôt l'air de s'ennuyer à cette fête sur son canapé.* – Oh ! Qu'est-ce que vous êtes nostalgique, Cilophémène. À part ça, vous êtes simplement en train de vieillir.

Silence. Puis de l'autre côté de l'écran, en avant-scène.

GERMANIPOLUS. – « Capitaine, sommes-nous loin de la mer ? »

RAOUL LEGUILLEMIEN. – Assurément, Germanipolus. Nous sommes bien en galère. Nous allons du pays des Maures vers le pays des morts. Aucune berge en vue sur ses côtes africaines sans côte d'ailleurs, sans rive, sans terre, sans images et sans ailleurs.

DOCTROVÉ. – Quand rentrerons-nous à la maison ?

Silence. De l'autre côté de l'écran la fête continue dans le loft parisien. S'ouvre la porte de l'appartement, entrent Mâ Boyi et Lapéta que tout le monde acclame.

MÂ BOYI. – Je suis arrivé. Mais c'est une fête. Tout est une fête ici. C'est génial. On n'a pas le temps de s'ennuyer.

LAPÉTA. – J'arrive, j'entre dans un rêve. Et c'est la vie qui commence.

CILOPHÉMÈNE. – Avant ?

LAPÉTA. – Il faut oublier tous les avant. Quand c'est pratique c'est pratique. Après les aptitudes on s'y fait. Dans ce genre de situation être maladroit n'est pas un problème, parce que je veux renaître tous les jours sans mourir à ce que je suis. Je ne veux pas commencer à opposer sinon meurt le voyage.

MÂ BOYI. – J'aime ici.

CILOPHÉMÈNE. – Ah ! Bon !

MÂ BOYI. – J'en sais rien mais j'aime.

CILOPHÉMÈNE, *à Lapéta*. – Et vous ?

LAPÉTA. – Oui, moi j'aime. J'aime. Mais vraiment.

ANTAGONA DE PÉREGRINOS, *à Mâ Boyi et Lapéta.* – Faites-nous le plaisir d'entendre un discours, jeunes gens. *(Se tapant dans les mains comme pour accompagner sa tirade.)* Je ne suis vieille que du vide de la vie, l'innocence qui a fait de moi la perle des océans blancs. Et si ma mémoire est intacte c'est parce que j'ai bu aux oreilles des langues tendres. Celui qui vient apporte la sagesse. L'idiot reste devant la porte à veiller comme un chien le retour du maître dans le vestibule. Parlez, jeunes gens. Faites-nous le plaisir de délirer au son d'une belle histoire. Nous aimons les histoires, celles qu'on rapporte, celles qui ont arpenté des collines et des océans, celles qui s'éternisent sur les tables des banquets, celles qui sommeillent dans les accoudoirs des comptoirs publics, celles qui troublent au chevet du lit, celles qui dansent dans les cœurs des jupons, celles qui frétillent dans la tornade des soirées, celles qui s'abattent comme une sentence dans les journaux. Bienvenue, jeunes gens, bienvenue à Mâ Boyi et à Lapéta. Nous sommes un peuple raconteur d'histoires.

BOULAS TERMINETATEUF. – Ouais ! Un discours ! Un discours, et je vous raconte une histoire drôle. Suis sûr que je vais arriver à vous faire pisser de rire. Ça je sais faire comme personne. C'est mon truc.

TOUS, *chantonnant.* – Un discours ! Un discours ! Un discours !...

Mâ Boyi et Lapéta montent sur la table. On leur donne des masques de girafe et d'okapi qu'ils mettent, ensuite tout le monde bat des mains pour accompagner leurs tirades. C'est la coutume.

MÂ BOYI. – Je ne crois pas que j'ai fui quelque chose. Plutôt je voulais quelque chose.

LAPÉTA. – Je ne crois pas que je voulais quelque chose. Plutôt j'ai fui quelque chose.

MÂ BOYI. – Maintenant je vais faire l'éloge de ne rien foutre. J'ai réussi. Arrivé au port de « ne-rien-foutre »…

LAPÉTA. – Le commissaire du beach distribue des macarons.

MÂ BOYI. – Numéro 1 ! Tu n'as rien à foutre. Génial ! Numéro 2 ! Tu n'as rien à foutre. Génial ! Numéro 3 ! Tu n'as rien à foutre. Génial ! Numéro 4 ! Tu n'as rien à foutre. Génial ! Numéro 5 ! Tu n'as rien à foutre. Super ! Numéro 6 ! Numéro 7 ! Numéro 8 ! Numéro 9 ! Rien à foutre. Rien à foutre. Rien à foutre. Rien à foutre. Numéro 1 000 ! Rien à foutre. 100 0000 ! Rien à foutre. Sensass ! 12 000 000 000 ! C'est le pied. Rien à foutre. On est là ou bien ?

LAPÉTA. – On est où là ?

Tout le monde applaudit, siffle, crie, lance des hourras…

ANTAGONA DE PÉREGRINOS. – La grâce c'est l'humour. Savoir conserver son humour c'est la vie éternelle. Regardez Dieu, il se fatigue pas. Ma défunte grand-mère disait, alors que j'étais encore vieille, elle disait… elle disait, ouais c'est ça : « Qu'on ne doit jamais manquer une occasion de s'en payer une. » *(Elle s'éclate de rire toute seule comme une rombière.)* Vous comprenez ça, vous ? Une tête ! *(Tout le monde applaudit avec des éclats de rires exagérés.)* Et quelle est votre opinion sur la politique des frontières, jeunes gens ?

MÂ BOYI, *continuant son discours*. – Le nombre de gens qui m'ont emmerdé dans la vie, j'en ai jamais fait un problème. Pourquoi alors aujourd'hui je vais causer un problème aux gens qui m'emmerdent ? *(Tout le monde s'éclate de rire.)* Je suis né, on m'emmerdait déjà. Je suis vacciné. Aujourd'hui on continue à m'emmerder, ça ne me dit absolument plus rien. *(Tout le monde applaudit.)* Si j'écoute les gens qui m'emmerdent, ça va m'emmerder c'est sûr. Et si je ne les écoute pas, ça veut dire que je les emmerde. *(Ils applaudissent encore.)* En fait, c'est juste que je n'ai pas envie de les emmerder, et ça, ça les emmerde. J'ai pas envie de m'emmerder non plus avec ça et eux ils disent que je les emmerde. *(Applaudissements répétés.)* Ça les emmerde grave.

FORTHINIAS, *de l'autre côté de l'écran, faisant signe au régisseur.* – Gosko ! Envoyez les applaudissements. Fort !

Grande pluie d'applaudissements depuis les enceintes du théâtre.

LAPÉTA, *descendant de la table*. – C'est bizarre, y a pas de lumière mais ça me va. Je vais bien. Y a pas de lumière et tout est classe. Dans le noir absolu. Je vois tout. C'est un autre monde. Je ne prétends pas comprendre grand-chose à ce genre de soirée, c'est ma première surprise-partie « déguisement et réflexion », mais je suis à mon aise et je vois bien dans le noir.

CILOPHÉMÈNE. – J'ai mes yeux à moi. Je peux bien te les prêter si tu veux.

LAPÉTA. – Un chat ?

CILOPHÉMÈNE. – Suis le p'tit chat.

LAPÉTA. – Ça alors, vous êtes comédienne ?

AMADOUS MAMADÉÜS. – Elle joue la même chose depuis vingt ans : « Le P'tit Chat ». Un numéro de clown. Tout le monde ici a vu son truc. Ennuyeux. Désespérant. Mais elle manque pas de bol, la petite, elle vient de se faire engager par une jeune compagnie qui s'acharne maladroitement à vouloir monter *Le Radeau de la Méduse* au théâtre. L'enfer, je te dis pas. Oh là là ! L'ennui. Au secours.

LAPÉTA. – Sans blague.

AMADOUS MAMADÉÜS. – Si je mens je couche ma mère.

BOULAS TERMINETATEUF. – Non, mais attends, Amadous Mamadéüs, un peu de pudeur. On ne couche pas sa mère comme ça… au détour d'un mensonge…

DODIMANUS BIENFÉTUS. – Bah ! Il a toujours rêvé d'être son père. Maintenant il en est devenu le fils. Tu t'imagines le scandale ? Être fait à l'image de son père, putain l'horreur !

CILOPHÉMÈNE. – Je suis une comédienne.

LAPÉTA. – Et vous répétez quoi ?

CILOPHÉMÈNE. – La même chose.

AMADOUS MAMADÉÜS. – Je te l'ai dit.

LAPÉTA. – Et ça vous va ? Je veux dire, vous arrivez à trouver du plaisir ?

AMADOUS MAMADÉÜS. – Bon Dieu ! Vous parlez de plaisir. Y a longtemps qu'elle sait plus comment ça s'appelle. Elle déprime. Si je me casse elle se transforme en tabouret. La momie, quoi. Elle a réussi à me ficher le mal d'ambiance. Depuis que je la connais je coule. Je crois que je finirai par enfoncer ma bite dans un iceberg.

LAPÉTA, *à Amadous Mamadéüs*. – Vous ne trouvez pas que vous en faites un peu trop, non ?

AMADOUS MAMADÉÜS. – Allez, prends-la, mange-la. De toute façon elle n'a jamais été à personne. Sais pas draguer. Je vais finir ma vie dans la peau d'un chien.

LAPÉTA, *à Cilophémène*. – Alors ? Le plaisir, où est-ce que vous en êtes ?

CILOPHÉMÈNE. – Écoute, Lapéta, je ne sais où vont les chemins. Moi je roule avec ceux qui acceptent le bruit de mes pas.

LAPÉTA. – Et vous trouvez que ça vous suffit pour le théâtre ?

CILOPHÉMÈNE. – Non, je m'intéresse aussi à la géopolitique, depuis peu. Et c'est très intéressant de voir comment les terres et les événements ont fait des alliages qui expliquent que forcément ceci se... C'est réconfortant quand les choses sont claires et pas que poétiques, comme si on était tous bourrés...

MÂ BOYI, *qui vient s'introduire dans la conversation, se tournant vers Cilophémène*. – C'est vous qui faites de la géopolitique au théâtre ? Génial ! Sensass ! Cool ! Cool ! Tu sais quoi ? J'ai vu Jeanne Moreau en Afrique dans un spectacle de théâtre. Je vous jure. Elle jouait dans un spectacle de Kokou Yémadjé, le metteur en scène béninois. Y avait beaucoup de vaudou et tout. Je lui ai dit : « Ah ! Jeanne, pourquoi tu m'as caché ça ? Fallait me dire que t'étais une prêtresse vaudou. »

Tout le monde s'éclate de rire.

ANTAGONA DE PÉREGRINOS. – Excellent ! Excellent moment de poésie !

BOULAS TERMINETATEUF. – Et après ?

MÂ BOYI. – Après ? *(À Lapéta.)* Lapéta c'est quoi après ?

LAPÉTA. – Après ? Après c'est toi qui sais.

MÂ BOYI. – Ouais, c'est ça. C'est moi. Après y a eu une coupure d'électricité. Alors là Jeanne Moreau s'est fâchée : « Mais merde ! Faut respecter les comédiens ! »

LAPÉTA. – Moi j'aime Jeanne Moreau en Afrique.

Lumière. Quand la lumière revient, c'est un village en Afrique. Au bord d'une route de campagne, Raoul Leguillemien et Germanipolus échoués dans ce paysage désert, avec leurs costumes en lambeaux sortis tout droit du Radeau de la Méduse.

RAOUL LEGUILLEMIEN. – C'est pas vrai ! C'est pas là que j'allais atterrir.

GERMANIPOLUS. – Je ne peux rien dire, vu que j'ai plus droit à mon rêve d'avant.

RAOUL LEGUILLEMIEN. – Le silence a tout pris quand nous avons traversé des continents, l'univers, des planètes et des systèmes insondables. Et nous voilà au premier matin du monde.

GERMANIPOLUS. – En fait, si j'essaie de comprendre, capitaine, ça se passe un peu, la vie, comme dans les rêves, comme avec les rêves plutôt, ou comme pour les rêves. C'est bien peut-être la vie qui est une poussière de souvenir de mon rêve. Celui que je me suis fait piquer par le voleur de songes. *(Il observe Raoul Leguillemien qui ouvre son baluchon, sort une boussole, une carte, une loupe, des jumelles, un mètre, un carnet de bord, et se met à travailler : calculant les distances, ramassant des pierres, grattant des écorces d'arbres, goûtant la rosée sur des feuilles, notant dans son calepin, etc.)* Mais que faites-vous, mon capitaine ?

RAOUL LEGUILLEMIEN. – Je m'arrange à coller des choses déjà vécues sur des choses que je vais vivre. Des assemblages d'histoires, comme on construit des maisons sur des fossiles. *(Il continue de travailler, puis s'arrête soudain.)* Suis déjà venu, plusieurs fois, ici, dans mon rêve. Et c'était déjà la fin de l'Eldorado. Tout le monde partait, restait un enfant. Et plus tard la ville était déserte. D'autres ont raconté qu'il y avait eu une pluie qui était montée jusqu'aux nuages, et lorsque l'eau s'était envolée vers le ciel il y avait eu un silence sans vie. Mais je sais moi qu'il ne s'est rien passé. On a regardé le temps et il s'est transformé en pierre.

Arrive un enfant qui marche en chantant, et qui chante en dansant.

L'ENFANT SANS NOM. – Messieurs, bonjour. Je suis l'enfant sans nom. Et on m'appelle « l'Enfant sans nom ». Soyez les bienvenus. Je m'arrange à coller l'avenir sur mon passé. Je m'arrange à coller mon passé sur mon passé et je dis : « J'invente mon avenir sinon je n'ai pas le choix. » Je prends soin de chaque détail du passé. Les détails doivent être recyclés. C'est la seule façon de conserver le passé pour inventer le futur. Le futur j'y suis depuis, pourtant je n'ai plus à l'inventer, mais il me semble… Je dois construire une voiture, une machine à sous, un avion, un train, une Moulinex, un ordinateur, une imprimante, un appareil photo, un juke-box, un radiateur… quelque chose… Mais c'est déjà fait. Alors je vais construire… quoi ? Je ne peux pas réduire ma vie à être une chèvre, c'est-à-dire juste bon à brouter de l'herbe. Il faut que je réfléchisse.

GERMANIPOLUS. – On tombe forcément sur des choses qui se répètent. Capitaine, toi et moi connaissons déjà cette scène. On l'a déjà vécue sur une île déserte.

RAOUL LEGUILLEMIEN. – Mon bon Germanipolus, il faut apprendre à additionner tous les détails, du bon grain et de l'ivraie. Et ne rien savoir d'avance.

GERMANIPOLUS. – Ouais, mais on tombe forcément sur des choses qui se répètent.

RAOUL LEGUILLEMIEN. – Tu l'as déjà dit, Germanipolus, arrête de te répéter. *(À l'Enfant sans nom.)* Bien le bonjour, à votre tour, cher monsieur, et merci. Merci pour cette hospitalité. Et voilà. Nous sommes, mon contremaître et aide de camp triplé d'écuyer, Germanipolus, et moi, capitaine Raoul Leguillemien, les deux seuls survivants du *Radeau de la Méduse*. Quelle affaire ! On a vogué dans une galère terrible, on a traversé l'enfer. En principe, d'après mes calculs et mes renseignements on doit atterrir à Dakar ou à Saint-Louis, bref ! Au Sénégal, chez heu… Chez… Y a une comédienne qui doit nous recevoir en principe. Chez Diara ! C'est ça ! Ah ! Diara ! Diara ! Elle est où Diara ? *(Silence.)* Partie ? La vache ! On est dans le caca.

L'ENFANT SANS NOM. – Dois-je me jeter à l'eau à mon tour ? Suis dans l'eau, dois-je encore me jeter à l'eau ? Où va-t-on ? Servir de détails. Un pan. Détails additionnels. Une chance d'être recyclés ?

RAOUL LEGUILLEMIEN. – Nom d'un chien, c'est pas possible ! *(Crie.)* Puisque j'y suis ! *(Silence. Plus tard on entend l'écho de son cri revenir.)* Je croyais que je criais, qu'en fait j'entendais mon écho d'il y a mille ans. Y a mille ans que j'ai poussé ce cri dans *Le Radeau de la Méduse*. Et c'est aujourd'hui que je l'entends revenir me chercher.

L'ENFANT SANS NOM. – Il faut toujours fermer les volets, on me l'a toujours dit. Les cris se transforment en bêtes. Et les bêtes en démons. Et là ils vous reviennent comme des meurtriers du destin.

RAOUL LEGUILLEMIEN. – Ah ! C'est donc ça !

L'ENFANT SANS NOM. – Y a le Diable, y a Sentenza et y a Billy Drago.

GERMANIPOLUS. – Tu peux mettre une traduction en bas… ?

L'ENFANT SANS NOM. – Il va pleuvoir. Rentrons. J'ai une cabane au fond de la vallée.

RAOUL LEGUILLEMIEN. – Il faudra songer à fermer les volets, Germanipolus.

GERMANIPOLUS. – Suis fatigué, capitaine. Tout ce que je veux c'est dormir.

L'ENFANT SANS NOM. – Non ! Ouvre les yeux car la ville dort.

(Tous les trois se mettent en route. Silence. Puis l'Enfant sans nom commence subitement à monologuer les yeux fixés vers le ciel.)

Tout ce brouillard au-dessus de ma tête. Tout cet encerclement d'amnésie. Ces mies de pain froides dans le bocal au chevet de mon lit. Ces corps de frères et sœurs grossis et si froids dans l'eau, maigris et pâlis sur le radeau, tels que je les rêve sans cesse. Ces hivers incessants. Et moi qui continue à jouer les poissons rouges dans le midi de mon désert. Ce long siège… Et de l'autre côté la fête n'en finit pas de battre les tambours. Non, y a pas de fête chez les voisins. Voici le vin, la mer, le feu, les barbecues au soleil, les friandises, les perles d'or, la musique et les danses folles, je suis bien en fête, moi, ici, j'ai tout, je suis réel comme le jour.

GERMANIPOLUS. – Mais qu'est-ce qu'il raconte, capitaine ?

RAOUL LEGUILLEMIEN. – Silence, Germanipolus, pour l'amour du ciel ! C'est de l'intelligence à haute voix. Bien avant que les choses ne soient écrites et mises en conférence. C'est… C'est… On appelle ça « la chanson du cerveau ».

GERMANIPOLUS. – La chanson du cerveau ?

L'ENFANT SANS NOM. – Tous les jours je vois des sentiers de cactus sur des terres désertes, des sols arides où serpentent des ronces accrochées aux bois morts, et le silence des squelettes, la vague des poussières et le blues des champs de bataille après la bataille, les crises incessantes, la mélancolie du chasseur maudit. Je vois quoi d'autre ? Une fille paumée sur la route qui essaie de faire de l'auto-stop avec sa valise en carton. Le monde du milieu du monde. Le plein de choses dans l'œuf du milieu. Iguanes et lézards amoureux des roses couronnées d'épines. La forteresse des désirs inassouvis. Mais est-ce une réalité ? Si ça l'est, il faudrait en faire une œuvre d'art et bien l'enfermer dans un musée. Et planter des nkenguégis le long de la zone de démarcation entre ce qui est à voir, à comprendre, à entendre, à étudier, à raconter, à rapporter, et ce qui est à vivre comme on se baigne dans une rivière tendre et boisée.

GERMANIPOLUS. – Je t'avais dit, capitaine, on aurait dû prendre l'appel de ce Mokombosso, qu'on ne se serait pas retrouvés dans cette galère.

RAOUL LEGUILLEMIEN. – Oh ! Ferme-la, toi, hein, avec ton Mokombosso. La vie est là Germanipolus, alors kiffe !

GERMANIPOLUS. – Y a rien là. Je vais kiffer quoi ? Du vent ? Du sable ? Un enfant qui délire ? Moi j'aime Mokombosso. À chacun son trip. On ne pourra pas aimer les mêmes choses, capitaine. Même si t'es mon chef, je suis désolé.

RAOUL LEGUILLEMIEN. – Donc, t'as entendu la voix de Mokombosso comme ça par hasard et t'es tombé amoureux d'un coup ? T'es vraiment con.

GERMANIPOLUS. – Mais qui te parle de tomber amoureux ? Tu ne comprends rien et tu veux discuter de… Toi t'es fait pour aboyer des ordres, alors ferme-la pour une fois, capitaine, et tu verras ce que ça fait.

RAOUL LEGUILLEMIEN. – Sois pas si rasoir, mon bon Germanipolus. Allez, tu m'excuses pour le « petit con ». Les choses vont s'améliorer. Tu vas voir. Tu me le diras. On va construire un paradis terrestre ici, planter le printemps dans ce désert de merde, et ça te fera plaisir, Germano fils de mâma. Des Mokombosso il y en aura par milliers. On va faire la démocratie dans un sens. Les études dans un sens. Les artistes dans un sens. Parce qu'ici ce qui est beau c'est que c'est autrement. C'est pas exotique. C'est autrement. Tout simplement. C'est différent, donc c'est beau. On va appliquer le culte de la différence, et chacun tiendra sa partition, comme ça tout le monde pourra jouer. J'aime ici. Et les Africains devraient trouver que l'Afrique c'est beau. On ne va pas permettre que les gens qui sont nés chez eux n'aient pas le droit d'aimer chez eux et d'être fiers de chez eux. C'est inadmissible. Moi je suis sûr que les autres humains sont faits pour s'entendre sur la terre. J'ai dit quoi ? « Les autres humains » ? Pardon ! Les êtres humains. On va inventer des couleurs et des parfums. Ici toute chose est un poème. Et quand tu tourneras la tête vers le ciel, Germanipolus, mon bon, tu verras passer des avions, des fusées, des navettes spatiales et des soucoupes volantes qui porteront le nom de tes enfants : Poséidon, Cupidon, Aramis, Costa-Gavras, Pantaloni, Schumacher, Orson Welles, Thomas Sankara, Marius Trésor, Erzuli du Dahomey, Paul Michael Glaser, saint Antoine de

Padoue, Debré, Platini… Le legs de l'amour à l'amour. Ça va tellement être beau qu'on va nous envier et personne ne dira qu'il n'est pas tenté de jouer. Tu sais ce qui est beau ? C'est qu'on pourrait recommencer. C'est facile la vie. Suffit que tu réfléchisses avant les autres, le reste font les moutons de Panurge, et ça va grouiller dans tous les sens comme un panier de crabes, pour exécuter la moindre lubie qui t'aurait échappé de ta petite tête de con. On appelle ça « du génie ». Plus t'es maladroit plus tu soulèves des montagnes, y a juste un problème : le levier est cassé. Mais personne ne s'en aperçoit puisque tout le monde regarde la montagne, forcément ça va leur retomber sur la gueule à un moment. Y a pas de coupable, y a que des dommages collatéraux. Tu te lèves avant les autres, tu pisses sur le toit, et quand ils se réveillent ils disent : « Tiens, chérie, il a plu, nous allons pouvoir manger des oranges cette saison. » Regarde, que font les chats quand vous n'êtes pas là ? Ils viennent pisser à votre porte. Si tu crois qu'on fait des omelettes avec le saint sacrement, tu te goures. La mauvaise foi ça aide à être lucide. Je ne peux pas faire autrement que de penser à mal quand je parle des choses du Bon Dieu. La Création. C'est nous le Bon Dieu maintenant, les fauves, les sirènes, les gorgones, le cercle des panthères, la confrérie des hommes-léopards, etc. Y a le Diable, y a Sentenza et y a Billy Drago. Et tous les jours on finit ce qu'on a déjà fini. On a une chance d'être des hommes éternels. Voilà pourquoi tout ce grabuge, cette gigantesque œuvre de l'humanité. Les victimes ne comptent pas. Marche ou crève ! Il faut vendre, consommer, traduire, produire, adapter, système métrique. Exporter sinon crève. Il faut se lever tôt, vider son compte en banque et le garnir à nouveau. Il faut courir. Devenir dingue et se faire soigner. Ça c'est de la vraie résistance. Finis les bords jalonnés d'idéologie, de partis politiques, du produit commercial, du sens de l'éducation, de la tradition culturelle, de la gueule et du nom de Dieu, fini comme toute chose détient en elle le pourrissement du vide. Y a plus de vrai sens à donner à sa vie, y a plus de vraie raison de s'inquiéter, chaque fois ça sera toujours pareil. Ça ne peut pas être mieux ni pire. On a gardé le cap vu qu'on a perdu la boussole, alors normalement les intempéries ça doit passer. Y a plus lieu de s'engager dans une voie autre du moment que tous les chemins mènent au roi billard. Ça veut dire qu'on te casse les couilles, et tu vas rentrer dans ton trou. On va faire des efforts à ta place pour te faire rentrer dans ton trou. Voilà l'amour du prochain au profit de la société qui pense. L'amour du prochain est à mon sens mieux apprécié dans ce sens. Trop familier au goût des autres. Le truc c'est qu'on joue tout en différé. Dis-toi, Germanipolus, que nous les êtres humains on a une longueur d'avance. Dieu n'avait même pas commencé la Genèse que nous, on avait terminé la post-Apocalypse. Alors que le vieux manitou est encore à son chapitre 22-23. Ce n'est pas ce qu'on est en train de faire là. Ça c'est ce qui avait été écrit à la base. Réellement par rapport à nous c'est déjà passé. Alors pourquoi on est là ? C'est qu'on n'est pas là justement, mon bon Germanipolus. Ceci est juste la représentation de ce qu'on avait pensé avant. Le présent n'existe pas. C'est le théâtre du passé. Fais-moi mal et je te dirai que j'avais été programmé pour avoir mal maintenant quand tu m'aurais touché,

Germanipolus, toi et les autres. Alors on est où là ? On est dans un futur cosmique comme tu ne peux avoir idée. Et son théâtre on le jouera plus tard quand on se croira de ces temps-là. Ceux qui comprennent ça mènent le monde par le bout du nez. Nous ne sommes pas là. Nous ne sommes pas réels. Nous ne sommes que de la fiction. Et nous sommes bien réels dans nos fictions qui interprètent des écarts de nos pensées qu'on appelle « la vie ». On ne pense que ce qu'on vit. On ne croit qu'à ce qu'on sait. On réalise nos rêves. On projette nos idées. On est le résultat du fantasme de nos parents. On applique des programmes qui ont été pensés et mis en place. On fonctionne selon une conception donnée. On marche dans les normes du temps. On bouge dans un cadre. On fait nos envies. On concrétise nos souhaits. Des fois on est piégés dans le rêve de quelqu'un d'autre. On monte un scénario et on joue dedans. Alors ça va être beau ici. Ici, ailleurs, c'est pareil tant que c'est différent. C'est pareil. Tu sais de qui on parle là ? Du gars qui dit : « Je suis ton futur. » Parce que tout ça, ça va s'arrêter. Bien sûr qu'il faut rembobiner à un moment. Sinon tu sors la cassette pour remettre une autre. Ou bien tu vides totalement le disque dur. La mutation a commencé. Alors, tous les conservateurs vont crever. Oh ! Que ça me fait du bien. Chacun a sa guerre à gagner. J'en ai tellement perdu que celle-ci c'est moi qui vais la remporter. Nous allons traverser l'air post-apocalyptique. Tout va se fusionner dans une mélasse d'anguilles et de crapauds, le facteur machine témoin de notre conscience soutiendra les jalons de notre mémoire. Parce que, parce que c'est la denrée la plus rare pour laquelle on se bat, dans cette guerre qui a déjà commencé dans la post-Apocalypse où nous sommes, cette guerre qui durera des millions d'années dans laquelle nous venons d'entrer avec droit à l'incertitude d'être bien en soi et de disposer de toutes ses facultés de séduction, Germanipolus. Voilà pourquoi on se bat pour ce qu'on a relégué en arrière. Parce que nous sommes des putes. Nous laissons les gosses dans le placard pendant qu'on va se faire sauter dans le garage. Puis quand on reviendra à la place du gosse dans le placard nous trouverons un lion affamé qui nous rugira à la gueule. On se battra pour tuer le lion afin de sortir le gamin qui est en lui. Mais le lion ne se laissera pas faire. Nous sommes des magiciens parce que nous avons compris qu'il faut faire disparaître quelque chose pour avoir une raison de le retrouver. La passion c'est de la machine. L'amour c'est du fabriqué. Les sentiments c'est de la technique. Viva l'homme cosmique. Vous n'êtes pas là, cher public, dans le théâtre de Garciavor de Salva, en train de regarder *Le Radeau de la Méduse*, salement interprété par une troupe de comédiens semi-professionnels, étudiants en droit à l'université de la faïence, une pièce de Forthinias Ondeminus Barbatoutous avec Madécambos dans le rôle de Bercephin, Salpéros de Vanvin dans le rôle de Germanipolus (mon bon), Xandolane dans le rôle d'Octila, Kaïenphinx dans le rôle de Raoul Leguillemien (votre humble serviteur), Dirosa dans le rôle de Doctrové, Lafassa dans le rôle de Mokombosso, Erzolers dans le rôle de Pondillon de Courfet, Branchef Glanc dans le rôle de Garciavor de Salva, Ethankar Maurissus dans le rôle de Elkanthiazar, Wâ Tsoko dans le rôle d'Herculis de Mâma, Srhim Abu Ada dans le rôle d'Abramsanger

Soto, et enfin Cilophémène (la belle) dans le rôle de : Le Clown du p'tit chat. Sans oublier à la régie son et lumière : Gosko Voufait. Non ! Vous êtes en pleine guerre cosmique, dans le futur postérieur de la post-Apocalypse, en train de vous massacrer pour la mémoire. *(Il ravit le sac à dos du dos de Germanipolus, l'ouvre, en sort la radio, compose un numéro, et lance un communiqué.)* Eagle Thrust à Big Duke 6 / Guerre psychologique / Plein volume / Manette à fond / Roméo fox-trot / Ouvrez le bal !

FORTHINIAS *crie en faisant signe à la régie.* – Gosko !

Gosko envoie La Walkyrie *de Wagner très fort, à faire craquer les murs du théâtre. Tous les comédiens courent sur le plateau, en chantant, dansant, buvant, sautant, un vrai bal macabre. Puis ils cassent tout. Et disparaissent du plateau un à un, laissant l'Enfant sans nom qui n'avait pas bougé depuis.*

L'ENFANT SANS NOM. – Et je suis resté seul dans ce désert. Plus de chien qui aboie. J'ai tué la caravane. Il n'y a plus que des reliques du futur. Un très grand silence prochain. No man. Nobody. Don't panic.

IV

Partouze sur le pont du Djoué

Un pont dénommé « le pont du Djoué ». Sur le pont circulent des passants, automobiles et piétons. Devant le pont une maison délabrée portant une inscription écrite maladroitement à main levée : « Komisaria de Polisse du Djouhé !!! » Sous le pont se croisent le fleuve Congo et la rivière Djoué. Il fait jour. Soleil frappant. De Lafuenté arrive avec un soleil qu'il tire avec une corde derrière lui, et le dépose au milieu du pont. On entend de plus en plus le bruit du fleuve, les cascades, les chutes, les rapides... Puis la musique échappée des bus qui courent à la renverse entre les sifflets des policiers qui se mettent en travers de la voie pour les arrêter. Et les klaxons des taxis-bus à n'en plus finir se mêlent aux bêlements des chèvres et des moutons qui ceinturent cette haute corniche.

DE LAFUENTÉ. – J'ai vu toutes les batailles de César. J'étais là à Carthage, à Alexandrie, à Tripoli, à Memphis, à Dubaï, à Helsinki, à Djibouti, à Gounghin, à Bastos, à Yeoville, à Ankara, à Damas, à Petibonum, à Beyrouth, à Mogadiscio, à mords-moi le nœud, à une balle dans le cul, à fait chier les keufs, à ouvre ta bouche pétasse, à zéro couille tu ferais mieux de te calmer, à San Francisco ou en Californie sur le boulevard de Los Angeles, dans le Jura, à Kinsoundi, à Kilomètre 5, à Bobo-Dioulasso, à Soustons, à Pondichéry, à Saltillo, à Lapa, à Frankston, à Bruges, à Ntoula, à Salta, à Cocody, à Terreiro de Jesus, à Etoa-Meki, à Peregrino, à Matola, à Inhaka, à Arusha, à Galabadia, à Kinachichi, à Sidi Bou Saïd, à Lalala à Gauche, à Matongé-Victoire, à Lemba, à Yolo Ezo, à Béni Mellal, à Khouribga, à prends l'oseille et tire-toi, à l'Isla Bonita, à Kigali, à Ron Perlman, à donne-moi les clefs espèce d'enculé, à Kakuma, à il pleut des coups, à si j'en surprends un demain putain je vais lui bouffer sa mère çui-là. J'ai vu toutes les batailles de César, j'étais là. C'est moi César. Même quand il a perdu en finale départementale contre Fontenay et qu'il a fini au ballon.

(Il pisse sur le fleuve Congo du haut du pont en parlant à ses urines.)

Je te croyais mort, César. Suis désolé, fillette, ma mère t'avait tuée.

(Finit de pisser. Revient vers les policiers qui jouent aux échecs avec leurs bouteilles de bière à la place des pions, qu'ils boivent de temps en temps et remettent sur le jeu.)

J'ai grandi dans une ville qui s'appelait « Couilles-Flasques ». La seule chose qui ne soit pas un délit puni par la loi c'est bouffer de la merde. La population est une tête de nœud. Ça fait des milliers de kilomètres de têtes de nœuds. C'est une seule bite qui est branchée dans la bouche de tout le monde.

(Il tend ses papiers à un des policiers qui sans les regarder directement les déchire, puis les fourre dans sa bouche.)

J'ai pas dû fuir. Moi c'est ma nature. Suis intenable dans une boîte de conserve.

(Le policier mâche fort, finit par en sortir le chyme, il en fait une boulette, descend son pantalon, se fourre la boulette entre les fesses, remet le pantalon et repart s'asseoir en compagnie de ses collègues de travail qui jouent aux échecs avec leurs bouteilles de bière.)

Ben, quoi ? Vous voulez savoir ? Moi aussi suis un agent. Suis l'agent qui n'a pas de plaque. Un jour j'ai pissé contre un pare-brise, une vraie rasade inutile, ç'aurait fait une ribambelle de couilles à papa quand j'y pense. Depuis, chaque fois que j'arrose les jacquelines je dis : « Bonjour fillettes ! »

(Il roule son soleil.)

Moi j'ai un plan qui permet d'équilibrer le sol, mais on ne me croit jamais. Le sol est trop vertical, voilà pourquoi l'eau coule.
(S'arrête.)
Alors ?

(Se met en travers de la route en empêchant les automobiles de circuler.)

Moi, suis juste en train de dire une chose : « Restez là où vous êtes, bande de connards ! »

(Il observe quelqu'un de ligoté, battu à mort, emmené devant le commissariat par deux policiers. Ça discute entre eux, puis l'un des policiers ordonne à l'homme ligoté de se mettre à genoux. Ce dernier s'exécute.)

Le fils de mon frère dit toujours : « Y a pas de lézard. » Je crois que c'est rapport à sa bite. C'est très émouvant. C'est comme disait ce type-là : « Je connais Dean Keaton. » Et Dean Keaton était en train de le baiser. Le gars il a acheté un ordinateur, puis il s'est assis dessus, le cul ouvert avec la caméra qui était en train de lui prendre en gros plan. Et le type envoyait ça à quelqu'un. Juste son cul et pas de visage, pas de nom. Impossible d'observer quoi que ce soit d'autre sauf la force du trou de balle. Peut pas savoir, y a pas de texte, juste l'écran et le cul. Un gonzo d'enfer, un gang bang subversif. Et tu ne comprends pas, comme dans tous ces films pornos, pourquoi ils baisent.

(Puis un attroupement se forme petit à petit autour de l'homme ligoté à genoux et des policiers qui discutent.)

Ce qui est bien dans la vie c'est qu'on est tous pourris, et les hommes et les femmes. Tout ce qui existe n'existera plus de toute façon. Dieu est une parenthèse dans l'univers de Satan. Y a le Diable, y a Sentenza et y a Billy Drago.

(Il tente de jeter à maintes reprises le soleil dans le fleuve mais il n'y arrive pas. Fatigué il s'assoit au pied de son soleil. Les voitures lui passent à côté.)

Je ne comprends pas !

On entend les cloches d'une église qui sonnent non loin, et la voix du prêtre se propage comme un halo poussé par les alizés du fleuve. À chaque fois que parle le prêtre sa phrase est interrompue par un silence brutal où rien ne bouge… et ainsi de suite jusqu'à la tombée de la nuit.

LA VOIX DU PRÊTRE. – Bayaya nkunguiéto wou mouangané touéndiéno mou dzounou tia…

Silence. Un coup de feu…

DE LAFUENTÉ. – De toutes les chasses à l'homme c'est la chasse à l'homme.

LA VOIX DU PRÊTRE. – Bayaya…

Silence. Un coup de feu…

DE LAFUENTÉ. – De toutes les chasses à l'homme…

LA VOIX DU PRÊTRE. – Nkounguiéto wou mouangané…

Silence. Un coup de feu…

DE LAFUENTÉ. – C'est la chasse à l'homme.

LA VOIX DU PRÊTRE. – Touéndiéno mou dzounou tia…

Silence. Un coup de feu…

DE LAFUENTÉ. – De toutes les chasses à l'homme…

(Ça dure toute la journée jusqu'à la nuit tombée. On entend s'amenuiser la voix du prêtre mais sans s'arrêter.)

Si vous croyez que ça me fait marrer de faire ça, vous êtes tout simplement une bande de zozos. Des zozos tout court.

(Le jour se lève. Passe une chèvre poursuivie par une biquette. Essoufflée la chèvre s'arrête. La biquette s'avance délicatement vers elle. La chèvre peureuse se pisse dessus. La biquette se penche pour goûter ses urines, puis relève la tête vers le ciel avec satisfaction. Elle recommence le même geste une dizaine de fois jusqu'à ce que convaincue la chèvre lui tende gentiment son sexe. Au moment où la biquette monte sur la chèvre le groupe d'hommes et de femmes qui s'étaient attroupés vers l'homme ligoté et les policiers se déplace pour venir assister à l'accouplement.)

Toute forme de liberté m'est interdite. Et je dois rester là où ça fait mal à me gratter les couilles parce qu'il faut bien qu'il y ait un singe dans le domaine ? Je ne force pas votre liberté, putain de bordel, ne forcez pas la mienne. Ma tête et sa sacoche de cauchemars n'appartiennent qu'à moi. Douze mille diables que j'ai dans le placard, sans compter les démons tombés sur les routes et les émissions sorcières de ma grand-mère, et la panoplie des femmes ringardes de mon père, et mes cuites jamais desséchées entre Maputo et Rio de Janeiro, mon ivresse francophone au sommet de ma pyramide de folie.

Le même policier qui avait déchiré et mangé ses papiers revient avec une matraque qu'il lui tapote sur la tête.

LE POLICIER. – Tu as dépassé un certain nombre de limites, tu dois répondre. Tu me suis ?

De Lafuenté ne bouge pas de son soleil.

DE LAFUENTÉ. – Pourquoi ? Comme disait l'autre là : « … Je ne sais plus. » Et moi je te dis : Va laver ta culotte ! Moi je dis : On a beau retourner la culotte cent fois elle restera une culotte. Moi je dis : Protège ton problème jusqu'au jour où tu auras raison, là pour le coup c'est ton problème qui te sautera à la gorge. C'est comme avec les amours. On est amoureux de la même personne. Toujours. En fait, on tombe amoureux de la même personne tout le temps. Toujours. Amoureux de la même personne. C'est la même personne qui change de visage. On croit tomber sur une autre, mais c'est juste la même. Le visage nous a trompé, la taille, le teint, la couleur des yeux, la forme du visage, le ventre, les pectoraux, les seins, les épaules, la voix, les lèvres, le volume du cerveau, la rondeur du cœur, la peste des sentiments, les kilos de malignité, la longueur des suspicions, la putain d'excitation, les rotations des reins, les coups de gueule, l'odeur de phacochère, la couleur de la culotte, les cils en plastoc, le sourire, la perversité, l'ego, la gentillesse, les dents blanches, les poils, les hanches en cavale, les genoux, l'estomac, le pancréas, le gros intestin, le foie, la rate, l'œsophage, la pâleur, la langue. Tout est différent mais c'est la même personne. Le maquillage, les cheveux, le truc moqueur, le lifting, les superlatifs, les silicones, l'odeur de tabac, les urines, le goût du clitoris, la senteur de la salive, les poumons, les fausses côtes, la grosseur des testicules, l'humeur sardonique, la mollesteté des bras, la tendresse foudroyante, les appétits corrompus, la politesse sourde, la vitalité dans les jambes, la candeur de l'iris, la colère répétée, la mauvaise foi, la graisse de la cuisse et la paresse du cerveau, les favoris en pagaille, la barbe de Jésus et les moustaches de chat, les blessures sous le cœur, les cheveux au vent, la nudité parfaite, l'insolence du bordel à fleur de peau, l'odeur de la bouche, la laideur militaire, le boucan de l'indolent et l'insolence du cocher ou de la cochonne, les épluchures de peau, les bijoux en argent, le rouge à lèvres frais, les vernis luisants sur la viande, la montagne de pognon et l'efficacité du compte en banque, les accoutrements, la nostalgie qui sépare les cœurs à la place des souvenirs, les désillusions et les inhibitions qui nous suçaient le sang en compagnie des vautours qui se prenaient pour d'infortunées rancœurs, l'ambition ou la futilité du travail fourni au lit, la tête de chou et la tête de gland, le travers de nœud, le fion en caoutchouc, les cicatrices des déceptions qui ne sont jamais parties, les regrets qui se mélangent avec le présent et créent une chorale, les points d'honneur falsifiés, les jeunesses erronées, les digressions de vieillesse, la familiarité des familiarités, l'alcool et ce qu'on sait qui va avec la bêtise qui vous a coupé la chique à vingt ans, les articulations des plaisirs, les gémissements, les os qui craquent, le petit soupir du larynx, la boude et la nique, les battements de cœur, les ulcères, les songes abrutis, et on recommence les songes abrutis, et on recommence les songes abrutis, et on recommence, et on recommence les songes abrutis. Le reste : la course, la chasse, la soupe, la routine, les coups de pied au cul, la fougue de vivre à cent à l'heure, la folie de Flacie, le délire exquis, la bravoure du dévergondé, les réclamations des baisers, les prises de tête insupportables, les puces dans la culotte et l'azote sous les jupons de la comtesse, la balade des soutiens-gorge dans l'aspirateur, les dépressions qu'on ne pourra jamais curer, les grosso modo sans détails aussi inflexibles qu'un phallus d'Apollon, les inchangés, les dormis, les remises à demain, les reprises, tout ce qui est super que la gravité gagne d'avance et que l'amour même ne peut importuner, les lois sur les rides et la froideur des plantes de pieds sous les draps, les ivresses sexuelles bien rôties comme des rôles appris par cœur, les livres de cuisine et les salons de beauté, les caprices de Marianne, les terminaisons de phrases, la jonglerie des jambes, les tours de passe-passe, les raisons abusives, les succulents mensonges, le sur-trop de liberté, la soif de posséder, la pigeonnerie, le nombre de gosses à nourrir, le nom de Dieu, le mérite, la confiance, la promesse d'être bête avec le temps, les œillades sous le sommeil, le surplus d'hormones, les films de chevet. La même personne. Ah ! Ce qui change c'est la manière de se coucher et la façon de se lever. On tombe amoureux de la même personne pour boucler la boucle. Les noms tombent, les visages, la mémoire, les souvenirs.

(Arrive un gros camion transporteur de bétail avec inscription « fourgon de police » devant le commissariat. Des fous ligotés sortent du camion en courant, tentant d'échapper à la réclusion. Et les policiers qui se mettent à leur courir après. Ils en rattrapent quelques-uns, les frappent en essayant de les emmener au commissariat, d'autres s'échappent, ainsi de suite. Le remue-ménage continue. Ça crie et ça pleure dans tous les sens.)

Et j'ai un chignon de tourterelle. La mémoire me fait pitié. Cette vie est vieille. Mais suis plus vieux que votre monde. J'étais là avant et j'ai tout vu. J'ai combattu César. Je suis César. J'ai vu arriver les dinosaures puis je les ai vus entrer dans la cage.

J'ai participé à la création des machines qui devaient exterminer l'espèce humaine jusqu'à l'arrivée de Sarah Connor dans *Terminator II*.

(Pendant ce temps, de l'autre côté, la foule continue à applaudir la chèvre et la biquette qui s'accouplent. Et chaque fois que les deux animaux se séparent, les gens les remettent ensemble de force. Ça dure et ça n'arrête pas.)

Il ne s'agit pas vraiment de la même personne. C'est moi qui suis le même dans toutes les amours déjà faites comme des voitures. Et je vais, à chaque fois, à chaque Bon Dieu de fois, je vous jure, récupérer mon amour au fond des femmes différentes qui ont toutes en commun le soin de porter mon amour. Cent mille femmes traînent dans la ville avec mon amour. Cent millions de femmes se baladent dans les villes du monde avec mon amour. Elles rentrent à la campagne et perturbent la quiétude des pauvres gens. Elles font scandale avec mon amour. Elles vont au boulot, conduisent des trains, draguent des flics en uniforme, dispensent des cours à l'orphelinat pour apprendre à mes enfants qu'elles et moi avons jetés dans les ruisseaux ce que ça pèse un amour d'évadé. Nous sommes des évadés. Lourde est la couronne. Je dis un jour à César : « Mon gars, si tu essaies de baiser ma femme je te fous une raclée. »

(La biquette s'essouffle et tombe à la renverse. Les gens la remettent par-dessus la chèvre et les attachent toutes les deux à l'aide d'une grosse corde, bien emmaillotées ensemble pour qu'elles ne se séparent jamais plus. Puis ils restent là à applaudir.)

Mille millions de femmes font des shoppings avec mon amour sous le bras. Elles vont au dojo, font du karaté, puis dans les théâtres elles gloussent sous les sièges entre deux tirades à se demander avec qui je vais encore sortir.

(Les deux animaux s'écroulent et ne bougent plus. La mousse leur sort de la gueule, les mouches autour, pendant que les gens se mettent à compter avec un type qui joue l'arbitre du combat de boxe, son sifflet sur la bouche : « Un, deux, trois, quatre, cinq, six, sept, huit, neuf », etc.)

Le monde est pauvre d'intentions. L'imagination est trop en méforme. Il faut au monde mon amour que des millions et des millions de femmes sur cette terre utilisent gratuitement pour baiser leurs maris. Suis un pain quotidien, moi. Le carburant à la place de Total, je vous tue, je vous jure, je fais rouler la mécanique. Je baise le chêne phrygien, moi. Hector, Ulysse et compagnie, Pénélope, etc., c'est de la gnognotte. Les Andromaques c'est des putes. Les Cléopâtres c'est des laides frigides, des comme ça j'en sauterais des wagons par seconde à chaque fois que je tousse. Y a quoi même ?

(Des mamans accourent vers les deux animaux avec des seaux pleins d'eau qu'elles renversent sur les deux pauvres bêtes, tentant par ce moyen de leur redonner de la force et du courage.)

Moi ce que j'aime ce sont les femmes antiques dans les musées. Pas quand elles sont à poil, elles sont laides autrement, mais justes habillées comme des sœurettes de moines. Des vraies nonnes style Nana Mouskouri. Y a pas à dire c'est complètement la femme moderne, sans la tête avec plus de droits et moins d'efforts dans le jupon, avec plus de persuasion et moins de pognon mais plus célèbre et donc plus en pétard, avec le nombre qu'il faut de concubins. Le monde c'est de la rouille de femmes, l'avant glaire du matin, avant que le coq ne se souvienne du froid et se mette à chanter pour affirmer son kiki. Qu'est-ce qu'ils sont bêtes les coqs !

(Puis les deux animaux subissent le bouche-à-bouche de toute la foule, le massage cardiaque, les guili-guili, mais rien n'y fait. Une maman trouve même l'idée de leur brûler la patte avec un tison, espérant par ce moyen réveiller un nerf en eux qui les ramènera à la vie. Mais rien n'y fait.)

C'est pour ça que j'aime les femmes antiques, les vieilles cocottes, et les paresseuses. Suis un macho, ça se voit pas ? La seule race de femmes qui m'excite c'est les insolentes, les boudeuses, les casse-tête, les hautaines, les têtes brûlées, les grillées, les sardines, les connes et les salopes, les portes ouvertes, les marie-couche-toi-là, les bouchardes, les nattes, les impulsives, les ashawos, les karachikas, les boba-rabas, les mourincias, les tigresses, les « bouffes ta bite », les sanguines qui mangent saignant et qui vous mordent les couilles quand vous n'arrivez pas à jouir. Ah ! Moi suis du genre cuir-latex, cagoule avec bite sur la bouche, chicotte à la main. Ah ! Moi faut me fouetter, me foutre le doigt dans le cul, m'électrocuter avec des pinces dans les oreilles et des aiguilles le long du dos sinon je ne démarre pas. Suis une vieille peau. Attends, suis pas d'hier. Moi et les crocodiles on est à côté. On a fait les quatre cents coups avec Dionysos. C'était pas rien. Qui s'est déjà fait la nana de Dionysos ? Eh ! Ben, c'est comme la nana du pape. Parce que le pape, lui, ça va encore, mais sa nana… Ah ! Fuck you !

(Le silence s'installe autour des deux bêtes mortes. Plus personne ne bouge. Les visages deviennent tristes, continuant à fixer les deux dépouilles comme pour donner tort à la mort qui déraisonnablement et sans être invitée s'est donné le droit de s'infiltrer dans ces corps et de leur gâcher le plaisir par ce fait.)

Tout ça c'est pour dire : c'est pour ça que je déteste les musées. Ce sont des mouroirs, un cimetière où on enterre des artistes et leur art dans le silence sensuel de l'élitisme et la gueule arrachée, muselée. Quand on crée un musée ça veut dire qu'on a enfermé les couilles, on met le peuple au pas, son cerveau dans les chiottes, sa voix dans les calculs d'une seule volonté de lecture, et l'art s'effondrera de lui-même. Les musées sont faits pour empêcher de penser autrement la grande marche de la bataille sans fin.

(Le silence continue autour de la chèvre et de la biquette mortes pendant que de l'autre côté les fous hurlent et chantent de colère, de douleur et de plaisir en narguant les policiers. Ils cognent sur les murs, secouent les barreaux des cachots, et les policiers n'arrêtent pas de cogner aussi fort qu'ils peuvent.)

Qui a gagné la guerre ?

(Les chansons fusent maintenant à l'unisson du côté des prisonniers. Plutôt des insanités…)

L'artiste qui est enterré dans un musée ou bien le gars qui a emprisonné l'artiste dans le musée ?

(Deux policiers emmènent un fou devant la fenêtre où l'on aperçoit d'autres fous et lui pointent un pistolet sur la tempe, tentant par cette intimidation de calmer les autres. Mais rien n'y fait. Alors l'un des policiers appuie sur la gâchette.)

Les artistes sont les jardiniers des politiciens.

(Deux autres policiers arrivent avec un autre fou devant la même fenêtre. Ils lui pointent un pistolet sur chaque tempe. De l'autre côté la foule autour de la chèvre et de la biquette se met à pleurer silencieusement en continuant de fixer la mort sur les dépouilles des deux pauvres bêtes.)

Qui a gagné la guerre ?

(Les deux policiers tirent en même temps sur le fou. Et les trois tombent raides morts.)

L'artiste dans le musée ? Ou bien celui qui a créé le musée pour y loger les artistes afin de les protéger de la colère de la cité ?

(Les fous continuent à hurler de plus belle. De la fumée se dégage de la cellule de la prison. Quelqu'un y aura mis le feu.)

César, écoutez la cité qui crie ! Écoutez-la, bordel, et cette fois restez insensible et vous n'êtes pas de la race de ceux qui fabriquent la vie !

(Deux autres policiers arrivent à la place devant la fenêtre des prisonniers, sur les cadavres des deux flics et des deux fous, ils tiennent chacun un fou à leur bras, le pistolet sur la tempe.)

Qui a gagné la guerre ?

(Les deux policiers tirent. Les deux fous s'écroulent, morts. Les autres policiers qui jouent aux échecs avec leurs bouteilles de bière applaudissent. On les entend crier : « Santé ! »)

L'artiste dans un musée avec son tableau de merde à des millions de carats ? Ou bien le gars qui gère le musée où on a foutu l'artiste, avec son illusion mondaine de perroquet à beau plumage et à belle voix, dans la cage du patron sur la véranda de la maison ? Y a pas une si merveilleuse triste fin. Et le patron dit à tout le monde : « J'adore les oiseaux. »

(Un groupe de jeunes arrive avec un radeau de fortune devant la dépouille des deux bêtes. La foule s'ouvre. Ils chargent la chèvre et la biquette sur le radeau. Puis tout le monde soulève le radeau sur ses épaules et se met à marcher en chantant et en pleurant. Plus ils marchent plus ils reculent. Une maman devant le cortège parle en une langue inconnue de tous, en proie à une transe endiablée. De temps en temps elle donne l'ordre aux deux dépouilles de montrer qui les a tuées. De désigner le coupable et qu'il soit châtié sur-le-champ. Alors le radeau tourne dans tous les sens, cherche vainement un coupable, court, ralentit, bloque, recommence, etc. La cérémonie attire une foule de curieux qui se mêlent au spectacle, et d'autres qui observent avec commisération, d'autres encore prennent des photos avec leur iPhone ou filment avec leur tablette…)

Moi je hais les musées. Chaque fois que j'y vais c'est pour me foutre de la gueule de trois choses : l'État qui a confirmé son idiotie en créant une monstruosité comme celle-là, l'artiste qui est suffisamment bête pour se laisser emballer dans un cercueil, et enfin les idiots qui font la queue pour aller voir cette énorme connerie. Trois secteurs d'idiotie égale, d'origines raisonnablement séparées mais unifiés par la bêtise, on ne sait comment, arrivent à se porter garants de quelque chose de très affreux. Une grande armée de couilles cousues.

(La foule en pleurs lance des pièces de monnaie sur le radeau avec des fleurs, des foulards multicolores et des paillettes dorées.)

Je hais les musées. Tu sais on devrait mettre Picasso dans une pizzeria ou dans le kébab du coin. Tu prendrais ton sandwich, Picasso dans ta gueule, pendant que le ketchup-mayo te baverait sur le menton en nettoyant ta chemise. Faut mettre Botticelli dans une boîte de nuit avec des strip-teaseuses longues comme des eucalyptus, bien vernies de cocaïne, à poil, baignées dans de l'huile d'olive, et la bière et la fumée à flots. Des gens comme les Jackson Pollock ce sont des gars qu'on devrait trouver au marché Poto-Poto, à Djonké, à Château Rouge, sais pas, au grand marché de Kinshasa sur les étagères, entre un quartier de viande et un paquet de légumes, entre les vendeurs de clopes périmées à Barbès et une dizaine de têtes de singes boucanées en plein midi, portés à la connaissance de tous.

(Les foules se confondent. Ce n'est plus qu'un raz-de-marée. On n'aperçoit plus les gens. Juste une foule et par-dessus elle un radeau qui bouge avec deux cadavres : une chèvre et une biquette.)

Ce monde est bien réel pendant que le boucan bat son plein.

(Les cris des fous montent avec le feu par la fenêtre de la prison et la fumée qui s'en échappe et gagne le bistrot d'en face. Au pied de la fenêtre où gisent les cadavres des policiers et des fous, trois enfants jouent.)

L'Afrique en chaleur des morceaux choisis, étranglée par le cordon ombilical, en assomption contre les pouvoirs des malices silencieuses et le conformisme sensuel aberrant d'anesthésie et contre le contrôle des cerveaux sagement imités par les fabricants de musées. La poisse !

(La fumée tend à couvrir le paysage. On ne distingue plus que difficilement les silhouettes. Tout devient brume de feu. Les toussotements se mêlent aux cris et chansons qui font tourner le radeau sur lui-même.)

Mais à qui doit-on tout ça ?

(La foule se dirige vers les rapides du fleuve. Nuage de poussière dans la brume au loin. On entend le bruit s'éloigner comme s'il se diluait dans le fleuve Congo.)

Les Ousmane Sow devraient se retrouver chez les catcheurs de *Kin Makombo*. Des trucs mystiques, où tu te demandes si le ciel est en haut et où on t'apprend : « Amen, frère, même Dieu n'habite plus là-haut. Il a détalé quand les Américains ont débarqué avec Apollo. Là-haut est le palais d'un roi comique. Personne n'en sait plus loin que là où commence sa fatigue. » Les Bill Kouélany, il faut les disposer dans un bordel avec des putes avariées, suspendues avec leurs guenilles en train de jouer *Solférino*, *Oh les beaux jours*, ou *Danser à Lughnasa*, et la colère des shegués. Ça c'est la vie. Le reste c'est troue-moi le cul, bordel !

(On n'entend plus que le hennissement des fous presque à l'agonie.)

Les Trigo Piula là par exemple, mais même chez les Chebabs, chais pas si ça existe encore, les Chebabs, pas ceux de la télé, mais les vrais, ceux qui tuent pour de vrai et ça donne de vrais morts qu'on peut toucher et craindre, ça le ferait. Je suis sûr que Trigo au milieu d'une forêt de kalachnikovs plantée par les Chebabs, les vrais, ça le ferait grave.

(Un bras sort de la fenêtre de la prison, agitant un drap blanc.)

Le monde va tellement vide, vide, vide, vide, vide, vide, vide de sens, les seigneurs ont tout gardé, les bourgeois ont tout acheté, les aristos ont tout cochonné, y a plus rien dedans, vide, vide de sens.

(De Lafuenté s'approche des policiers qui jouent aux échecs avec leurs bouteilles de bière.)

Quand vous m'avez vu débarquer, vous n'avez pas tiqué que c'était fini ?

(Tombe la grille de la fenêtre. On voit passer à travers les corps des prisonniers qui s'échouent sur le sol jusqu'à faire une vraie motte de chair humaine balafrée, torturée, brulée vive. Et ça sent la viande.)

Mais c'était un Far West ici, un désert où poussaient des araignées avec des scorpions sur des cactus.

(La brume se dissipe légèrement. On aperçoit le radeau sur le fleuve Congo avec les dépouilles des deux bêtes accompagnées des fleurs, des foulards, des pièces de monnaie et des bijoux qui scintillent au loin avec des paillettes dorées. Lentement puis pris dans le tumulte des rapides, le radeau se dirige vers Kinshasa.)

Maintenant on a tout déculotté, Goldberg a tout foutu à poil. Goldberg, le catcheur américain. Parce qu'il est fort, alors tous les gamins l'ont voté « tonton de l'année ». Nous, c'est pareil, à notre époque avec Hulk Hogan, Barracuda, Steve Austin, l'homme qui valait cent milliards. J'ai même eu un voisin qui s'était surnommé King Kong contre Godzilla. À lui tout seul il s'appelait King Kong contre Godzilla.

(La foule remonte la haute corniche en chantant un requiem qui ne laisse personne indifférent. Elle marche en procession tout droit vers le commissariat de police.)

Ouais !

(La foule arrive devant le commissariat. Elle tourne le dos aux cadavres des fous et fait face aux policiers qui jouent aux échecs avec leurs bouteilles de bière.)

Bon maintenant qu'on est vieux, qu'on a quarante ans et qu'on va bientôt mourir, on regarde cette antiquité avec une vraie envie de poisson. Mais ça c'est l'âge, ça t'amène à draguer des gamines et à supporter les vieilles. C'est pas une question d'évolution, mon cul, c'est nous qui mettons le carburant dans la bagnole, ouais.

(La foule se dispose bien droite en ligne face aux policiers. Elle fait silence. Le commissaire les passe en revue. Il fait des va-et-vient en les admirant comme du bétail. Il les tâte, les touche, etc.)

C'est pour ça que j'aime les nanas de l'Antiquité. Les « gros mamans ». J'ai même dit à ma femme : « Toi après le prologue il faut que tu fasses l'Antiquité. »

(Le commissaire rejoint son équipe sur la table des échecs. Une fille leur apporte à manger. Ils se lavent les mains avec leurs bières, puis aussi rapidement que cela puisse paraître incongru ils se jettent sur la bouffe. Une des mamans sur la ligne entame un gospel que reprend la foule, sans bouger, pendant

que se goinfrent très vite les policiers, tout en jouant aux échecs avec leurs bouteilles de bière sur la même table.)

Moi j'ai dit à ma maîtresse : « Si tu continues à ne pas respecter ma femme je dis à tout le monde que t'es une pute. »

(La foule continue à chanter fort et s'étouffe. Un à un tombe et se relève. Puis continue à chanter.)

J'ai dit à mon autre maîtresse : « Si tu continues à ne pas t'intéresser à la politique et à rester là vautrée sur le canapé en bouffant des gâteaux et à sucer tes doigts remplis de chocolat devant l'écran de ton ordinateur avec ton Facebook à la con en attendant que je vienne te fourrer vite fait, je dis à tout le monde que t'es une sale pute. Et puis je t'épouse et je demande le divorce deux mois après. Tu me connais pas. Suis un salaud. »

(La foule continue de tomber et de se remettre debout, puis se met à tousser de plus en plus fort comme si elle s'étranglait. Les yeux sortent, la salive bave, les côtes se serrent… Elle convulse et se tortille au sol.)

Tout ce qu'y a de bien c'est la folie en toi. Alors tu pousses les murs, y a pas de porte. Tu pousses les murs. C'est un truc que tu dois faire tous les jours sans t'arrêter jusqu'à la fin de ta mort, repousser les murs. Parce qu'un compte à rebours t'avait mis en garde qu'à partir de ce… depuis… les murs allaient se rapprocher de toi. Tous les jours, aussi vite que les aiguilles d'une salle d'exécution, les murs sur toi allaient seconde après seconde te réduire à quelque chose qui n'avait jamais été. Car les murs se mettront ensemble et toi en leur milieu, jusqu'à ce qu'ils disparaissent dans les murs et se confondent en un seul mur. Et cette coalition des murs a été créée juste pour te descendre. Arrivera un jour, méfie-toi du jour, où les murs, ces murs, se mettront ensemble pour n'en faire qu'un, ça sera la fin de tout ce que tu es. Alors ton devoir est de repousser les murs.

(Le commissaire siffle. Deux policiers courent redresser la foule bien debout, et l'empêchent de tousser avec quelques coups de matraque sur la tête. La maman entame une polyphonie zouloue et la foule reprend en chœur.)

Des gens comme moi on est des logiciels, on suit un programme, quand je l'aurais installé je fous le camp. Non, je retourne dans ma planète. Moi suis un extraterrestre, qu'est-ce que vous croyez ? Mais moi et les Jean Sébastien Bach quand on nous a largués sur cette terre à bord de notre vaisseau spatial avant la loi-cadre on n'est pas nombreux, les doigts de la main ne suffiront pas à essayer de nous compter.

(La maman s'étouffe et tombe raide morte. La chanson s'arrête.)

Deux potes qui se tapent dessus à coups de « va te faire foutre, ça va chier grave, moi aussi je t'emmerde, ça va saigner ». Oui, rien de façon plus honnête que comme ça, des trucs dans le genre du vôtre, vous me suivez ? Et là un pote me dit : « La réalité c'est qu'ils vont passer l'éponge en fin de soirée. Ils vont s'excuser, se repayer deux demis, une jolie accolade, et rien de tous les vieux cadavres qu'ils se sont balancés dans la gueule ne voudra dire quelque chose. » Et je dis à Marotte, la capitaine de mes inepties, qui tarde avec son assiette en face de moi, je lui dis comme ça, je lui dis : « Notre plus grand métier c'est de passer l'éponge. On est vachement doués dans l'art de la serpillière. On travaille dans de la javel. Ça pourrait durer dix ans, mille ans, deux jours, quatre secondes, des années, on finit toujours par passer l'éponge. On va se couper à la machette et après on va passer l'éponge. On va foutre des générations entières au pilori puis on va passer l'éponge. On va se mettre en rogne toute la nuit après on va passer l'éponge. Le pire c'est qu'on va se faire violer puis on nous apportera l'éponge, ou mieux on ira la chercher nous-mêmes sous l'évier de la salle de bain. "Chérie, je t'aime. Passe l'éponge." On va attraper sa nana et on va faire un gang bang en plein midi sur le pont du Djoué, on ferme le goudron avec des Rubalise, c'est très simple de corrompre la mairie et la police à la fois, et un de nous va filmer toute la partie, après on mettra le truc sur YouTube, ça va être un carton. Et quand on aura fini de tuer sexuellement la nana du pote et que les internautes se seront bien masturbés devant leurs écrans, vous savez quoi ? On va passer l'éponge, exactement comme après la pluie, et tout le monde va se la mettre bien derrière l'oreille, à commencer par le ministère de la Justice, parce que pour passer l'éponge y a pas mieux comme technicienne de surface. Et merci de me croire ou de ne pas me croire et de passer l'éponge à la fin. »

(Le commissaire siffle. Et la foule reprend la chanson là où elle s'était arrêtée. Le cadavre de la maman reste bien sage dans la poussière.)

Seigneur !

(Le commissaire tire sur la tête de la maman pour vérifier si elle est bien morte pour de bon.)

Passe l'éponge.

(Le cadavre de la maman ne bouge pas. Le commissaire l'observe attentivement pendant qu'il fait signe à la foule avec son pistolet de continuer à chanter.)

En fait l'éponge était passée bien avant qu'on ait fait quoi que ce soit. Tout ce que nous faisons ne compte en rien. Nous tenons sur le bruit du désordre humain. N'y a pas d'ordres, n'y a pas de possibles. Vide infini de subconscient. On passe l'éponge.

(Passe une grosse chèvre. Les policiers abandonnent tous la bouffe, en la matant les yeux écarquillés, la langue pendante, puis le commissaire siffle, ils se mettent à courir derrière elle en la sifflant avec toute la vulgarité possible du monde.)

On passe l'éponge.

(La foule est restée là à chanter en fixant la bouffe laissée par les policiers.)

Vous entendrez parler de moi dans les contes. Et personne d'entre vous ne peut imaginer le boucan que ça va faire lorsque ma soucoupe volante reviendra me chercher, et que je m'envolerai vers les étoiles. Adios amigos ! Ça sera cette dernière scène dans le Banni de Howard Hawks. Quand Billy the Kid fait chou blanc à Pat Garrett et se tire avec la belle Jane Russell. J'adore Jane Russell. Le cow-boy sur son mustang se barre sans remords. Fin de la romance. Bienvenue dans les conneries.

(Tout d'un coup la foule se rue sur la bouffe comme une mêlée, ils se chamaillent à ongles et dents pour les restes.)

Je vais vous dire : vous savez comment on fait au Congo pour être président ? On regarde les urines. Si. On leur regarde les urines, aux prétendants. Il faut qu'elles soient identiques à toutes celles de leurs prédécesseurs. Tous les présidents congolais ont la même urine. Voilà un pays avec un pH constant. Au Laboratoire national, société Louis-Pasteur de Brazzaville, en face de la présidence, tu vas trouver les urines de tous les présidents du Congo dans des tubes à essai, avec leurs noms dessus. Exposées sur une étagère les urines portent des « mention très bien », « majeure de sa promotion », « vaillant coq du matin »... Ah ! Ça c'est important. Parce que ce sont les premières urines du matin qu'on prend pour vérifier si le gars, il est bien présidentiable, c'est-à-dire, s'il est de la même cosmogonie génétique et maçonnique que ses prédécesseurs bien-aimés. Et si quelqu'un avait une seule fois raté les élections, ou même un simple coup d'État, ou encore une guerre civile, c'est qu'il n'avait pas les urines qu'il fallait pour diriger le Congo. C'est une question de couilles. Les élections c'est juste une façon de dire au peuple... Sais même pas si ça existe le peuple. Y a tellement de mots savants pour faire un pays, mais ça ne nettoie pas, au contraire ça tache. Sans doute un problème de coloriage. Quelqu'un aura mélangé des vêtements de races différentes dans une même lessive, puis ç'a tourné, et tout a tourné. Voilà pourquoi la terre est ronde. Et moi j'aime ça quand on est tous différents. Ç'a tourné, puis ç'a tourné. Voilà pourquoi je trouve que l'idée de regarder les urines n'est pas mal pour prouver qu'on est facho. Une conformité d'urine comme ça, c'est bien. Quelqu'un, un jour, me dit en guise de fatigue pour chercher un temps à tuer : « Tout les présidents congolais sont différents. Tu ne peux quand même pas soutenir ta thèse sur les urines, De Lafuenté. On l'a bien vu avec le temps. »

Je lui dis comme ça, je lui dis : « Mais ferme donc ton vagin ! Tous les présidents du Congo ont deux mains, deux pieds et deux têtes. Alors comment ils peuvent encore être différents, entre eux, du moment qu'ils ne ressemblent qu'à eux-mêmes, et tous, et à la fois ? Y en a pas un seul qui ait des dreads, alors c'est bon. Tu connais Papythio, que je lui fais ? Bah ! Papythio, il a des dreads. C'est ça la différence avec les présidents congolais. C'est ça la différence que je te dis depuis le début de cette connerie. Y en a qui font du kung-fu et y en a qui vont voir les cuisses de Monique. C'est facile à reconnaître un président, entre celui qui regardait son nez, celui qui parlait avec son chewing-gum, la nana qui faisait des brushings, et l'autre qui était cannibale, sans oublier celui qui avait les plus grosses joues de l'histoire, y en a un qui traînait son pied, et si tu ajoutes celui qui était parano, plus le cinglé de… Bah ! Alors, ce ne sont peut-être pas des ressemblances à ton avis ? Comme disait Jean Gabin dans *Un singe en hiver* : "Les choses entraînent les choses, le bidule crée le bidule, y a pas de hasard. Allez ! On rentre à la caserne." »

(La foule se lèche les doigts, les avant-bras, les bras, les assiettes, les feuilles de maniocs, la table, les couverts, les chaises, les bouteilles de bière, le jeu d'échecs, etc.)

Je dis souvent à ma femme : « Si j'étais une femme avec "a" je crois que je serais un type formidable. » Vous voulez que je vous parle de ma femme ? Oui ? Mais laquelle ? La première fois que j'ai arrêté d'avoir des maîtresses j'ai cru que j'allais mourir. Je me sentais comme si j'étais seul, perdu dans le désert. À poil. Tout m'énervait. J'ai compris ce qui arrive aux gens qui arrêtent de fumer. Puis j'ai commencé à devenir très con. Puis très vieux. Puis je perdais mes cheveux. Puis j'ai tenu la bouteille.

(La foule saute sur les cadavres des fous et les bouffe tout crus.)

Les présidents africains ont tous la même urine.

ERDONIDUS AMANDÉÜS, *sur l'écran, couché sur la barque au milieu des cadavres.* – Suis resté sur la natte. Au cœur de l'océan. Entouré des baleines grosses comme des décennies.

Finis les fous, la foule se lance sur elle-même et s'autodévore. Ne reste plus que le cadavre intact de la maman sur le sol avec le sang qui continue de lui couler sur la tête, là où le commissaire lui avait fait un trou. Tout autour d'elle des lambeaux de chair humaine éparpillés…

DE LAFUENTÉ. – Un homme seul, perdu dans son humble masure de poète. Un homme-monde. Un homme-univers. L'homme-orchestre. Un homme sur lequel vous n'avez aucune imagination possible qui tienne vu l'incohérence de ses faits. Un homme dont vous n'avez aucune idée, de sa façon de vivre à sa façon d'espérer vivre un jour, donc de résister, puisque seul. Un homme veilleur d'une ville morte. Un homme-légende qui conduit le rêve jusqu'à la porte de la ville, le fait entrer dans les poumons de la cité, puis reprend son éternelle agonie avant de crever. Un homme fabriqué. L'homme-programme. L'homme-tracteur, aussi multiple que les boulons de la connaissance. Seul. Seul contre un rien où tout est enfermé dedans. Car tout au monde périt, pourrit, suinte, pue, et féconde le jaunissement, le bleuissement, le noircissement, le rougeoiement sanguinaire des « médiocraties ». Les choses sont des systèmes, et les êtres des machines. La vie est un vaste programme, et seul *l'homme seul* dans cet univers en est le parasite. Il se bat. Il se bat contre des choses appelées systèmes. Il cherche à déprogrammer la vie ainsi faite. Il se bat. On le verrait se battre qu'on le dirait fou. Seul contre rien, c'est-à-dire contre tout, puisque tout est enfermé dedans, et que tout périt, pourrit, féconde le jaunissement, le bleuissement, le noircissement, le grisement, le rougeoiement sanguinaire des amours grosses comme des tomates et qui font chier en se prenant pour des acides publicitaires. Seul il attaque le vent, l'homme seul. Et j'ai lu *La vida loca*.

(Silence. Le vent souffle sur le champ des cadavres.)

Tous les jours je vois tomber des systèmes, puis comme des filles ils se reproduisent plus vite que des microbes. Il faut juste être un antibiotique. Le problème avec les antibios c'est attendre six heures pour boire la bière.

(On entend un chien aboyer au loin.)

Je disais, donc, je disais... Les élections c'est une façon de dire au peuple : « On sait que vous existez mais on voulait se rassurer si vous êtes bien là. »

(Le chien continue d'aboyer jusqu'à ce que d'autres chiens d'autres bords lui répondent. Alors ça aboie fort à l'unisson. Plus ça aboie plus ça se rapproche du commissariat de police.)

Il faut attendre six heures pour boire la bière, c'est ça la merde. Le reste c'est ce qu'on appelle des champs vides. Comme avoir rien à la place d'un gouvernement. Quelque chose qui est très proche d'African Jazz, c'est-à-dire : des bâtards produits par des viols perpétrés, et on sait qu'on passera l'éponge après six heures pour boire la bière.

Une écurie de bambins, appelée « écurie Moufoutra », passe déguisée en terreur avec une fanfare en carton et en boîtes de conserve, chantant cet hymne sauvage que le dramaturge congolais Sony Labou Tansi avait sagement baptisé La Merdesa. *Silence sur le pont du Djoué. Oui. En tête de l'écurie un gamin de neuf ans portant un panneau où justement il est écrit : « Écurie Moufoutra chante* La Merdesa *de Sony. »*

ÉCURIE MOUFOUTRA, *chantant.*

Ne nous emmerdez pas
Nous les bâclés de la terre
Fagotés bien à point
Là où ça crie : Papa !
Vachez-moi fort
Vachez-moi cool
Et moi je vous vacherai
À mon jour, à mon tour, à mon saoul !
Avec un gros machin
Tout menu
Tout crasseux
Tout bidule
Un vieux vieux machin
Qui fait mal aux machins
Et ça crie !
Et ça fait machi-macha !
On m'a dit qu'à Couilles-Flasques
Les gens s'en torchent les machins.

V

La diagonale perdue

Croisement des lumières tamisées dans un espace ouvert. La nuit. Musique forte. Des gamins jouent sur le terrain de basket. Les voitures se suivent en diagonale et se croisent à la limite comme si elles se télescopaient. De Lafuenté arrive avec un soleil qu'il tire avec une corde derrière lui, et le dépose au milieu de la piste de danse où viennent se croiser ou presque se télescoper les voitures. On entend de plus en plus le bruit du fleuve, les cascades, les chutes, les rapides… Puis la musique échappée des bus qui courent à la renverse entre les sifflets des policiers qui se mettent en travers de la voie pour les arrêter. Et les klaxons des taxis-bus à n'en plus finir se mêlent aux bêlements des chèvres et des moutons.

DE LAFUENTÉ. – Qu'est-ce qu'on gagne à cette vie ? Rien. Sinon la notion de savoir perdre. On a fait les quatre cents coups avec Dionysos et on ne nous a pas payés. Il faut aimer perdre. Tu perds tout et tu recommences à zéro, ça t'empêche de vieillir. Et je suis déjà vieux.

(Il fixe l'horloge sur le panneau de basket.)

Je l'ai perdue, l'image de la lampe sur le chevet. Et le bouquin de chevet aussi. Tout le chevet. Perdu.

(Aux gamins qui jouent et font mine de ne pas l'écouter. Alors que dès que De Lafuenté tourne la tête ailleurs ils le regardent avec attention et prêtent possiblement l'oreille à ses inepties.)

J'ai perdu ma femme, mes gosses et ma bibliothèque. Je sais que vous vous en foutez mais moi non. Ça m'empêche de mourir. Gagner c'est perdre. Il faut fermer les yeux, tout miser et perdre. Et recommencer. Jusqu'à ce qu'on n'ait plus le moindre sous et recommencer la vie à zéro, le monde à zéro. Fermer les yeux, tout miser et perdre. Et recommencer. Fermer les yeux, tout miser et perdre. Et recommencer. Le bonheur de Sisyphe, quoi.

(Il caresse son soleil.)

Je ne me souviens pas avoir marché à quatre pattes. Suis parti comme en Formule 1 droit devant. Jamais arrivé. On ne nous dit pas tout. Si on ne m'avait pas arrêté pour excès de vitesse je ne crois pas que je serais encore là. Né avec trente-deux dents ça ne rigole pas. Bien sûr que je continue à grandir. Ça on n'y peut rien. C'est fastoche.

(Attrape un passant par le cou et lui crie aux oreilles.)

Ma vie, non, je ne l'ai pas compliquée ! Elle est toujours là ! Tu veux la voir, hein ?
(Il relâche le passant.)
Qu'est-ce que je n'apprécie pas ?...

(Il ouvre son soleil, en sort des bouteilles de bière, referme le soleil. Puis il se dirige à nouveau vers les gamins et leur distribue de la bière. Les gamins sont fous de joie.)

Un bébé, j'en ai jamais vu, par exemple. J'en ai entendu parler, si. Mais c'est comment en fait ? Pas de boulot, pas de projet… Il ne fait pas des heures, quoi. Ah ! Oui, c'est étonnant. Je n'ai pas vu mes gosses. Suis parti avant.

(Il revient vers le carrefour, observe les voitures qui passent. Puis il se met à leur jeter des bouteilles de bière.)

Est-ce que j'ai seulement marché pieds nus un jour ?… Non, suis né avec des chaussures. On me l'a dit. On me l'a dit à la maison de retraite où j'ai grandi. Bah ! Y avait que des gens qui attendaient la mort là où j'ai grandi. Ils disaient qu'on ne vivait qu'à la pitié de Dicu. C'est sûr. Quoi ? Tu crois que tous ces jeunes sont où ? Ils n'ont pas eu le temps de travailler qu'ils sont déjà à la retraite. Ah ! Ça, aujourd'hui les générations vont tellement vite qu'on est papi à quatorze ans. Et qu'est-ce qui a fait ça ? L'effet de serre, peut-être ? La couche d'ozone, hein ? Les Strombolis ? Quoi ? La conquête du Mexique ? La révolution russe, c'est ça ? Le melting-pot ? La décolonisation peut-être ? La xénophobie congolaise ? Putain la xénophobie congolaise, ça me déchire les tripes. Je renie mes racines. Je flingue ma nationalité. Qu'est-ce qui a fait ça ? La dévaluation du franc CFA ? Ou les trois petits cochons d'Inde ?

(Reste assis.)

Chercher un boulot.

(Se lève furieux en s'adressant aux passants.)

Chercher un boulot ? Mais l'ai-je seulement perdu pour le chercher ? Quoi ? Pourquoi on ne se contenterait pas de vivre, tiens ? On est là, on kiffe et c'est bon. Tu sais, toi, où va tout le pognon qu'on travaille ? Dans les chiottes. C'est pas un peu bête ça ? Toutes nos sueurs vont dans les chiottes de quelqu'un. Quelqu'un a inventé les chiottes puis il a dit : « Mettez tout votre pognon là-dedans. »

(Silence.)

Si j'ai de la famille ? Oui, j'ai des potes.

(Une douleur le prend au bide. Il s'entortille. Puis finit par vomir. Se calme. Puis se remet au centre du rond-point des diagonales.)

Ce que j'ai fait à quinze ans ? C'est loin tout ça. De manière générale je ne pense pas avoir fait quelque chose. J'ai vécu et je n'ai pas fini et c'est ça qui est compliqué pour vous. Je dis « vous » comme on attend quelqu'un devant les portes des chiottes parce qu'on est pressé d'y entrer à son tour. Et on compte à chaque fois qu'il y a une masse qui plonge dans le cul de chiotte : un, deux, trois, quinze… Oh ! Arrêtez là ! Si je n'ai pas assez bouffé comment voulez-vous que le compte soit bon ? Les empaffés ! Des diplômes ? Oui, comme tout le monde. Mais je ne m'en suis jamais servi, non. Pour quoi faire ? Personne n'en a trouvé l'utilité jusqu'à présent. Je peux vous les montrer si je ne les ai pas encore foutus dans les chiottes.

(Sort de la poche de sa veste un pistolet, le braque en direction des gamins et s'avance vers eux.)

Si suis tendre, doux, ou quelque chose de cochon comme aimer les fleurs ? Mais c'est fétichiste ça, aimer les fleurs. De toute façon… Comment on achète des fleurs ? Bah ! Je sais pas. Des fleurs. Ça doit être avec de l'argent, c'est ça ou je me trompe ? Tu achètes un homme… Tu achètes des fleurs, puis, attends, tu achètes des fleurs, donc… Tu donnes de l'argent à la fleuriste… Après… Qu'est-ce qui se passe déjà, une fois que tu as donné ton argent ?… Ben, c'est bien simple, t'en as plus. Et après… heu… Je ne sais pas. C'est très compliqué. En principe elle doit te donner les fleurs. Oui, c'est ça ! Et après ? Après qu'elle t'a donné les fleurs ? Heu… Elle te donne les fleurs, donc, tu les prends, les fleurs. Attends attends, il faut que je réfléchisse. Les fleurs… Faut changer les têtes en fleurs. On aurait une vraie raison de s'en payer quelques-unes. Putain, les têtes en fleurs quoi. « Chérie, je t'ai apporté douze têtes décapitées fraîchement ce matin par le bourreau du Pôle emploi. Ça te dit ? Allez, embrasse-les, fais-leur des bisous et tout. Mange-les, puis installe-les à table dans le pot de confiture, ça fera plaisir à nos invités. » Et ça sonne : « Ils sont là ! Robus et Résolus ! Ah ! Ils ont même songé à apporter avec eux leur p'tit chat Crados. Que c'est mignon. Passez-le-moi tout de suite, je vais le mettre au four. Je crois qu'il nous reste encore un peu d'huile d'olive et de la moutarde. Avec des petits pois ça doit être bon ça, le matou. Alors installez-vous, faites comme chez moi. » Et le gros Robus : « Tiens, Démos, elle est succulente ta baraque. Ç'a le goût du sang frais. On devrait inviter Shrek, qu'est-ce que t'en penses, Résolus mon chéri ? Et ce bouquet de têtes est simplement magnifique. D'où l'as-tu importé ? » « De Mogadiscio ! » « De Mogadiscio, tiens tiens. C'est que c'est pas de la tarte. Avoir dix crânes bien saignants de Mogadiscio chez soi c'est de l'or en barre. Moi j'avais une vingtaine de têtes du Darfour chez moi dans mon salon, alors je te raconte pas la queue. Toute l'année on n'a pas dormi, parce que les visites, ça empestait la maison.

On a fini par vendre. Un producteur de Canal Plus est tombé sur l'affaire. Un vrai canard, il ne m'a filé que des radis. Quand je m'en suis aperçu, trop tard. Il a filé à Cannes. Maintenant je fais dans le Pôle emploi. Et je peux te dire que dans le genre c'est pas mal. J'ai longtemps traîné avec des têtes d'Assedic chez moi, c'était le bonheur, je peux te rassurer. Tout le monde venait pleurer en les contemplant comme des petits Jésus. C'était tellement touchant qu'une fois une vieille dame en a bouffé une. C'était ma voisine octogénaire. Elle avait été prise de passion pour une tête de sans-papiers en rentrant chez moi. Elle n'avait pas pu supporter, c'était plus fort qu'elle. Elle l'a prise entre ses mains, et elle l'a mangée. Remarque, ça l'a plutôt soignée. Elle a tenu quinze ans de plus. C'est fort une tête de sans-papiers. Bon, maintenant je fais dans les miniatures. C'est du combien ça ? Comme âge, je veux dire ? L'âge de la tête, oui ? Pardon ? Du quinze-seize ans ? Ah ! J'aurais dit plus, moi. J'aurais dit plus. Genre du sept-huit ans. Tu vois ? Plus dans… dans la fraîcheur. Elles sont très tendres à cet âge-là, les fleurs. J'aurais dit plus. Plus tendre. Mais toi tu fais dans les ados, je te connais. Du quinze-seize. T'as pas quitté le lycée, hein. Et j'oubliais de te dire : ta femme est très appétissante. Où est-ce que tu l'as ramassée ? Tu ne veux pas dire ? Coquin ! T'as raison. De nos jours seule la méfiance paye. Tu te méfies de tout le monde, t'es peinard. Et tu sais que Résolus, il va sans doute te le dire lui-même, a commandé pour la saison prochaine une couronne de têtes de réformés, grévistes et autres. Et c'est pas tout, on a droit à un bouquet de têtes de changement aussi. La Constitution et tout. C'est pas de la tarte ! Bon Dieu ! C'est une histoire vraie ! »

(Les gamins arrêtent de jouer. L'observent tendrement. De Lafuenté donne le pistolet à l'un des gamins, fouille dans ses poches et finit par trouver des cartouches, il les donne à une gamine. Puis il se met à genoux devant eux. Les gamins s'approchent de lui, à la hauteur de sa taille. Il prend la main d'un des gamins et leur parle dans les yeux.)

J'ai lu un livre, et y avait une muse qui disait… Je ne sais plus si c'est une muse qui parlait ou si c'est le gars qui demandait à la muse de lui raconter son histoire qui avait erré dans les mers… Tu sais toutes ces conneries qu'on tarde à brûler… C'est-à-dire que dans le livre y avait plein de muses, ça se passait très vite, avec plein de pages… Tout ce qu'y a de plus dégueulasse : un bouquin qui justifie pourquoi on est en train de vous couper la chique. Je ne dis pas que je n'ai pas tout compris. Seulement y avait beaucoup trop de complaisance… Vous savez pourquoi j'adore les films d'action ? Parce qu'on tue les assassins à la fin. Y a pas de complaisance : on les tue. On ne justifie rien : on les tue. On n'embrouille personne : on les tue. Si je suis pour la chaise électrique ? Non. Je suis pour l'art électrique. Je déteste la culture, c'est pour les flemmards, les fachos et les couilles cousues. La culture ? Non, ça ne vous identifie pas, ça vous rend con, c'est tout. Une chatte sur la balance. Et les langues… À chaque fois y avait quelqu'un qui parlait dans le livre. Ce qui est dégueulasse c'est qu'ils faisaient tous l'effort de parler comme dans un livre. C'était triste à mourir, un bataillon de moutons qui attendent d'être clonés. Ils étaient nombreux. Mais y en avait un, lui il était vraiment dans le livre, il faisait chier. Il retardait la pensée. Et le livre c'est pareil que pour ma vie, on m'a dit de l'oublier. Ce ne sont plus que des phrases qui passent comme ça, comme des flashs. Les phrases passent comme des hommes en solde un jour de grève, les phrases dans le vide de la planète post-atomique. Elles n'ont plus d'histoire. Le scénario a été mangé par les rats... Les couilles déjà qu'elles n'en avaient pas, et même le soupçon de haricots qu'elles portaient à la place des reins on leur a retranché d'entrée de jeu. Je ne me souviens vraiment pas du titre parce qu'à quarante ans de toute façon j'en ai marre. Ç'a été trop, quoi.

(Se lève, tourne le dos aux gamins et repart vers son soleil.)

Je peux tout comprendre, tuer son patron et être innocent, y a pas de problème. Si y a trop de patrons ça devient très compliqué, parce que moi j'ai besoin d'être entendu. Alors le patron c'est qui ? Chef, oui, tout le monde peut bien s'appeler « chef », mais tout le monde ne peut pas être chef et le chef de tout le monde. C'est ça la démocratie, non ? Les chefs et les patrons, les deux hommes d'affaires qui ont monté ce business, Robus et Résolus. Déjà entre les deux politiciens faut qu'on m'explique, où il se situe l'autre, le troisième, celui qui forme le couple Démos-Cratos et les circonstances atténuantes, les deux ou trois dieux grecs là ? Le peuple, oui, c'est ça, celui qui coupe la tête du président à la Bastille, il est où dans la mêlée ? Le roi, c'est ça ? C'est pas vrai ? Couper la tête ? C'est un putsch, alors ? Et qui va commander ? Les gens ? Non, mais attends, tu crois que les gens n'ont que ça à foutre, commander ? Putain ! Mais je rêve ! Et la démocratie alors, elle a fait quoi dans tout ça ? La convention de Genève et les Droits de... comment tu l'appelles déjà ? Il est très connu... L'homme ! Oui, c'est ça, l'homme. L'humain ? C'est quoi ça l'humain ? Ah ! Jamais entendu parler. Oui, c'est dommage, mais moi je ne parle que des gens que je connais. L'autre je le connais, l'homme. Mais pas l'autre l'autre. Ça va ! Je connais mes voisins, c'est suffisant, ils sont insupportables. Alors c'est qui qui tue le patron ? C'est le patron ou le peuple, celui qui tue ou celui qui est tué par l'un des deux pour faire le sacrifice aux dieux grecs ?

(S'arrête. Observe les gens. Et se rend compte que personne ne le remarque. Les gamins ont recommencé à jouer au basket. Il fait mine d'abandonner.)

Ma parole, je suis différent, et tout le monde s'en fout.

(Il ouvre son soleil et disparaît à l'intérieur.)

J'arrête. Ça fait ringard. Je dois me lancer dans une carrière personnelle. Comique à louer. C'est mieux. Alors je commence…

La nuit s'apprête à tomber. Un vent violent se lève. Le soleil se met à rouler sur lui-même, allant dans tous les sens, et chaque fois se cogne et recommence. Les gamins s'éclatent de rire. La gamine qui a les cartouches demande le pistolet au gamin qui a le pistolet. Le gamin qui a le pistolet exige de la gamine qui a les cartouches de d'abord lui donner les cartouches. La gamine qui a les cartouches refuse mais exige le pistolet du gamin qui a le pistolet. Les autres en profitent pour se foutre de la gueule des deux. Au bout de la discussion une bagarre éclate entre tout le monde. Intervient le bruit d'un sifflet. Écurie Moufoutra débarque sur le terrain de basket avec sa Merdesa *et enrôle les gamins.*

ÉCURIE MOUFOUTRA, *chantant.*

Ne nous emmerdez pas
Nous les bâclés de la terre
Fagotés bien à point
Là où ça crie : Papa !
Ne nous enchiez pas
Nous les froufrous de la terre
Couillés bien à sec
Là où ça crie : Mama !
Vachez ! Vachez !
Vachez ! Vachez !
Vachez ! Vachez !
Vachez !
Vachez-moi fort
Vachez- moi cool
Et moi je te vacherai !
Vacherai ! Vacherai !
Vacherai ! Vacherai !
Vacherai ! Vacherai !
Vacherai !
À mon jour, à mon tour, à mon saoul !
Avec un gros machin
Tout menu
Tout crasseux
Tout bidule
Un vieux gros machin
Qui fait mal aux machins
Et ça crie !
Et ça fait machi-macha !
On m'a dit qu'à Couilles-Flasques
Les gens s'en torchent les machins.

VI

La disparition de De Lafuenté

Long boulevard quadrillé de cadavres de soldats formolisés. Un immeuble inachevé. En haut de l'immeuble une terrasse avec balustrades en fer. De Lafuenté monte sur les balustrades, se penche de tout son poids en avant, pour faire le grand saut. Mais le vent le ramène. Il fait ça tout le temps. À côté de lui un épouvantail noir rit aux éclats. En bas de l'immeuble l'Écurie Moufoutra dix fois plus nombreuse qu'à la scène précédente joue avec un soleil vide et déchiré le long du boulevard. Derrière l'immeuble une porte qui donne sur un jardin abandonné rempli de merde. Un gros chat roux avec une tête d'aigle et sans yeux rôde. De temps en temps le chat fait irruption dans l'immeuble par la porte de la cuisine et prend ce qui lui plaît. Camille, la fille de l'immeuble le regarde avec tendresse et lui sert un bol de lait. Camille habite au rez-de-chaussée. Et quand le chat quitte l'immeuble il va rentrer dans un débarras au fond du jardin où on entend crier des énormes rats, blessés, ankylosés, les poils arrachés, les yeux crevés, des bubons partout, et quelques pattes coupées. Des énormes rats torturés et malades.

Le chat leur mène la vie dure. Mais ne les tue pas. Aucune voiture ne circule le long du boulevard. Sur une banderole il est écrit : « À Tension ! Ville-Morte. Élexions Prézident-Ciel ! Mi-nuit fin des hospitalités. Signé : Le Point G-Poste omniprézent et influent du nationalitarisme terroriste du gouvernement. » En bas quelqu'un a ajouté « Assassin » avec de la merde. On entend de plus en plus le bruit du fleuve, les cascades, les chutes, les rapides... Puis le silence échappé des fenêtres closes coupé de temps en temps par des gémissements et des cris d'orgasmes mêlés aux bêlements des chèvres et des moutons.

MOUFOUTRA 1. – Dire qu'il a fini par lâcher son soleil...

MOUFOUTRA 2. – Il n'avait pas le choix.

MOUFOUTRA 3. – C'était quand même son bouclier.

MOUFOUTRA 4. – Avant il pouvait tout dire. Tout faire. Parce qu'il s'abritait derrière son soleil.

MOUFOUTRA 5. – Tout le monde avait peur de le toucher pour ne pas se brûler les ailes.

MOUFOUTRA 6. – On le lui a piqué, son soleil. C'est bien fait pour sa gueule. Il la ramènera moins maintenant.

MOUFOUTRA 7. – C'est nous qui avons piqué son soleil.

MOUFOUTRA 8. – Personne d'autre que nous ne pouvait réussir.

MOUFOUTRA 9. – Je vous avais dit : « Il faut faire confiance à l'Écurie Moufoutra. »

MOUFOUTRA 10 *crie*. – Écurie Moufoutra !

ÉCURIE MOUFOUTRA, *tous en chœur*. – Très très fort ! Moufoutra ngombé ! Moufoutra sosso ! On baise la vache ! On encule la poule !

MOUFOUTRA 11. – Y a rien de plus pire que des gamins nés dans la terreur.

MOUFOUTRA 12. – Et qu'est-ce qu'il va devenir, ce De Lafuenté ?

MOUFOUTRA 13. – Il a fini de jouer.

MOUFOUTRA 14. – On va distribuer quelqu'un d'autre à sa place.

MOUFOUTRA 15. – C'est nous qui décidons qui joue, à quel poste, de quand à quand, comment…

MOUFOUTRA 16. – Et ce qu'il doit dire.

MOUFOUTRA 17. – Et ce qu'il doit faire.

MOUFOUTRA 18. – Quand on en a marre, on désinstalle le programme.

MOUFOUTRA 19. – Et on envoie une navette spatiale le récupérer.

MOUFOUTRA 20. – Direction la fourrière.

MOUFOUTRA 21. – Pour être carrossé afin que naisse la *Merdesa* de Sony.

MOUFOUTRA 22 *crie*. – Écurie Moufoutra !

ÉCURIE MOUFOUTRA, *tous en chœur*. – Très très fort ! Moufoutra ngombé ! Moufoutra sosso ! On baise la vache ! On encule la poule !

MOUFOUTRA 23. – À minuit on délibère.

MOUFOUTRA 24. – On annoncera au monde c'est qui le prochain De Lafuenté.

MOUFOUTRA 25. – Pour l'heure, la ville est calme, don't panic.

DE LAFUENTÉ, *debout sur les balustrades en haut de l'immeuble*. – Mesdames et messieurs, dans un très court instant, cette pièce va s'arrêter, net, comme le soupir d'une femme. Elle ne va pas finir, elle va juste s'arrêter parce que les comédiens en ont marre. Et ça sera précisément quand la fête va commencer et qu'un à un se tirera une balle dans sa petite tête de con. C'est l'endroit indiqué par l'auteur pour permettre au public d'avoir une large perception du vertige. « Vertige », le mot préféré de l'auteur après « urgence » et « solitude ». Vertige, comme pris dans des convulsions paludiques, pathétiques, affolées par le rythme. Alors avant de donner la parole à nos amis du XVIe arrondissement de Paris qui sont en train de vivre une soirée merveilleuse et très drôle sous le signe de « Surprise-partie "déguisement et réflexion" », où deux de nos envoyés spéciaux, Mâ

Boyi et Lapéta, sont en train de représenter le fleuve et la forêt dignement d'ailleurs, j'aimerais attirer votre attention sur ma disparition imminente. J'ai joué mon rôle et j'en ai terminé. Dans deux minutes je m'envolerai. J'ai la joie au cœur, et j'éprouve quelque chose de drôle, une sensation très proche de la satisfaction. Je l'appellerai « l'accomplissement ». Interprétez-moi, vous à qui je dis adieu, vivants d'aujourd'hui, de demain, et d'hier puisque les hommes sont les mêmes qui se répètent. Jouez-moi. Maintenant que je vais cesser de vivre pour devenir un personnage. Mon seul mérite est d'être joué. Et lorsque vous me jouerez, prenez sur vous le courage de la raison, c'est la seule folie de cette structure macro-tracteur. Interprétez-vous, vous-mêmes, en empruntant à moi ce qui vous aura parlé et jamais le rien du tout. Ne vous lassez pas de chercher à me comprendre. Comprenez-vous, vous-mêmes, et peut-être que vous mériterez la grâce de planer dans mes inepties sans les juger. Faut juste les traverser. J'ai refusé la justification des choses depuis que le monde a été créé par des couillons. C'est là mon acte de résistance. Ça coûte très cher. Et où étiez-vous, bordel, quand ça foutait le carnage et la beauté du massacre ? Je suis un corps ineptique, une langue de là où naissent les fleuves et les forêts, où courent les savanes, là où les enfants sont des rois. Je suis l'énigme du matin qui se résout dans le proverbe de la nuit. Lorsque vous me jouerez, moi De Lafuenté, ne semblez rien, ne léchez rien, n'imitez rien, ne copiez rien. Faites pas de maquette. Soyez vous en une seule fois et à la fois et mangez-moi. Bonsoir !

Il saute du haut de l'immeuble.

MOUFOUTRA 26. – Ça y est ! C'est fait.

MOUFOUTRA 27. – Il a sauté.

MOUFOUTRA 28. – Quand est-ce qu'il doit atterrir ?

MOUFOUTRA 29. – Il en a encore pour plus d'un siècle à planer.

MOUFOUTRA 30. – Après il prendra le tunnel de l'enfer pour un millénaire.

MOUFOUTRA 31. – Traversera la rivière des éclairs pendant cent mille ans.

MOUFOUTRA 32. – Deux cents. Ç'a été modifié.

ERDONIDUS AMANDÉÜS, *sur l'écran, couché sur la barque au milieu des cadavres.* – Je vogue vers l'inconnu. Yeux ouverts. Corps offert. De nuit comme de jour. Ce voyage sans fin. *Lost Highway*. Vers les portes du bonheur. La ruée vers l'espoir. Atteindre le bout du petit matin. La foi est mon amie. Je réussirai. Je sais que je réussirai. Je suis l'amant de Dieu. On m'appelle Erdonidus Amandéüs.

MOUFOUTRA 33. – Il nagera dans l'étang des fleurs et des parfums six cents ans durant.

MOUFOUTRA 34. – Il s'envolera dans le cycle des vents et des tornades une décennie entière.

MOUFOUTRA 35. – Abordera la mer des songes à la vingt-quatrième guerre mondiale.

Moufoutra 36. – Arrivera chez la maman des étoiles avant la dernière éclipse de l'année de fusion Terre et Mars.

Moufoutra 37. – Marchera huit jours et un paquet de secondes sur le « Guéla d'en haut ».

Moufoutra 38. – Naviguera à travers temps et fleuve la moitié d'une lune.

Moufoutra 39. – Portera le soleil une vie et demie.

Moufoutra 40. – Habitera le septentrion des mirages le temps d'une saison blanche et sèche.

Moufoutra 41. – Cassera exactement neuf milliards huit cent douze mille pierre avec ses mains pour se frayer un tunnel dans les gorges d'où l'on extrait le devoir de violence.

Moufoutra 42. – Arrivera au Bonheur des Dames un matin d'avril.

Moufoutra 43. – Chavirera dans la ronde des équinoxes pour tomber dans la chute des points cardinaux sans carte ni boussole le temps d'un jour sans fin.

Moufoutra 44. – Et comme la fortune sourit toujours aux braves, au dernier top il atteindra la rivière de la vie dans précisément huit millions d'années.

Moufoutra 45. – C'est le temps nécessaire pour aller faire un bon somme en attendant que tout se tasse, puis se réveiller ensuite, et chercher à se payer une bonne bière.

MOUFOUTRA 46. – Bonne idée.

MOUFOUTRA 47. – À minuit le monde entier saura le nom du prochain De Lafuenté.

MOUFOUTRA 48, *à Moufoutra 49*. – Cherchez à joindre Mâ Boyi et Lapéta au téléphone et passez-les-moi.

Moufoutra 49 compose un numéro sur son portable.

MOUFOUTRA 49, *au téléphone*. – Allô ! Mâ Boyi et Lapéta, gardez l'écoute.

Moufoutra 49 passe le téléphone à Moufoutra 50.

MOUFOUTRA 50. – Merci Mouf. *(Au téléphone.)* Allô ! Yes ! Mâ Boyi et Lapéta, comment ça va là-bas ? Ça va bien ? Et les amis de là-bas, ils vont bien aussi ? Ah ! Dieu merci. Sinon nous on est là. On se débrouille comme on peut. Bah ! C'est la vie, c'est la routine, la galère, mais à part ça, ça va. Et vous là-bas, c'est comment la situation ? Ça va ? Ah ! Dieu merci. Nous aussi la situation ça va très bien ici, hormis quelques problèmes, mais toi-même tu sais, là où y a des gens les problèmes, ça ne manque jamais. Sinon tout va très bien. C'est parfait même. Bon, je voulais juste avoir des nouvelles. Ça se passe bien, le déguisement et la réflexion ensemble, hein ? Ah ! Dieu merci. Ça se passe bien. On est très contents. Même nous on était en train de prier ici que ça se passe bien là-bas.

Ah ! C'est dur, c'est dur, mais c'est bien. Ça va aller. Ce soir même on va mettre un autre comédien à la place de De Lafuenté. Ça va, y a longtemps qu'il a été amuseur public, maintenant il peut dégager. Hein ? Qui ? Non. Maintenant on va mettre un jeune. Une femme ? Oui, une femme. C'est bien une femme. C'est à la mode, ça comprend tout le monde, ç'a le cœur d'une mère, ça pardonne facilement. Et puis y a l'image de la Vierge Marie aussi. Ça joue, hein. Ça peut aider. Quoi ? Il faut que tu me laisses, les amis attendent ? Oui, oui, tu as raison. Je te laisse. Profite bien, hein. La vie c'est une fois, y a pas de brouillon, tout d'un coup au propre, et puis ça passe avant quarante ans. Bonne soirée, éclate-toi, mon frère. Éclatez-vous tous là-bas. Salue tout le monde, embrasse-les de ma part. Portez-vous bien. Je te laisse continuer ta soirée.

L'Écurie Moufoutra lève l'ancre, comme toujours en chantant La Merdesa *de Sony avec sa fanfare en boîtes de conserve et en carton jusqu'à ce qu'elle disparaisse totalement du champ.*

ÉCURIE MOUFOUTRA, *chantant.*

Ne nous enviez pas
Nous les saletés de la terre
Barbouillés bien à point
De la merde de papa !
Ne nous jalousez pas
Nous les foutus de la terre
Couillonnés bien à bien
Par la foufoune de maman !

Vachez-moi !
La vaginerie
Vachez-moi !
La vagination
Vachez-moi !
La vagiculture
Pour la partouze
De la mondialisation
Vachez-moi fort
Vachez-moi cool
Et moi je te vacherai !
Je te vacherai !
Tu ne me vacheras pas !
Elle te vachera !
Nous nous vaginons !
Vous vous faites vagins !
Ils ou elles vagifollent !
À mon jour, à mon tour, à mon saoul !
Avec un gros machin
Tout menu
Tout crasseux
Tout bidule
Un vieux gros machin
Qui fait mal aux machins
Et ça crie !
Et ça fait machi-macha !
On m'a dit qu'à Couilles-Flasques
Les gens s'en torchent les vagins.

Arrive un bataillon de commando militaire en train de faire un footing. Deux minutes plus tard passe un autre bataillon, des bérets verts cette fois sur le même boulevard. Puis passe une bande de rebelles maculés de sang. Ils disparaissent. Silence. Dix minutes après passe un troupeau de moutons.

VII

La mort est un immeuble

Dans un loft tout à fait branché au vingt-deuxième étage d'un immeuble dans le XVIe arrondissement de Paris. La nuit. Tous les invités sont déguisés en de gentils animaux. La soirée n'arrête pas de se développer en réflexion et déclamations de grandes pensées poussées comme des poèmes ou des discours passionnels.

ANTAGONA DE PÉREGRINOS, *devant une assemblée de canards laqués, trois petits cochons d'Inde et un vieux panda en train de se goinfrer debout sur une table tout en l'écoutant avec attention.* – On raconte que l'enfant grandit. La métamorphose lui vient du jour au lendemain, selon les odeurs des saisons. On ne peut pas accuser les gens d'être des gens. C'est bon, j'ai décidé d'être rien. Mais que disent les histoires qui montrent le chemin de la vie en allant voir des hommes qui se fabriquent, de bois, en partant prêter assistance à leurs sœurs qui honorent encore les prisons pour avoir dit non à tout, même au salut de leur contentement, non à l'activité, non à l'ennui, non au travail, non au chômage, non à l'aumône, non au partage, non à l'opulence, non à la misère, non à la revendication, non à la soumission… ? Tout est quelque chose qui ne se définit pas par un sens connu. Rien n'a de sens commun ici. Même les choses n'ont pas de nom commun de chose. Et ces histoires qui tiennent ces hommes pour les avoir aimés d'un amour qu'on ne comprendra jamais, disent que je suis tout simplement un caprice de la fatigue quand les habitudes deviennent impuissantes face à une réalité rebelle qu'on refuse de voir venir parce que le temps nous a détourné le regard. Elles disent que je n'ai rien de sorcière, que je ne suis pas un pouvoir intellectuel de la logique, que je ne deale pas un avenir de science-fiction, que je ne suis pas un logiciel, prototype assermenté dans des revues, pas un programme en pleine défaillance et court-circuité par le temps qui n'existe plus depuis, encore moins un virus solitaire qui ne peut emprunter à personne son corps ni faire dépendre sa loi. Je ne suis rien. Je ne suis pas un tout.

Les canards applaudissent en criant et sautant de joie comme après un discours, tout en continuant de se goinfrer sauvagement.

BOULAS TERMINETATEUF. – Moi on m'a donné un couteau à ma naissance parce que disent les mamans de chez moi : « Ngoulou bakala bâ na mbélé », ce qui veut dire : « Le cochon mâle doit toujours avoir un couteau sur lui. » Et ce couteau est une phrase. « Ngoulou bakala bâ na mbélé ! »

DODIMANUS BIENFÉTUS. – Tu l'as déjà dit.

Antagona de Péregrinos *monte sur la table.* – Le couteau est beau, le petit cochon aussi, mais je ne suis que la volonté à part du couteau, sans parler, sans marcher, sans courir les voix et agiter les immeubles pour faire tomber des oriflammes, sans secouer les gens dans les rues et les embarquer comme on squatte le destin des innocents, et qu'on laisse les gens à leur vie qui nous rend plus tristes de notre inutilité de vivre sans motif adéquat. Je me vois obligée de laisser les gens aimer leurs femmes avec la simplicité d'une force quotidienne, leurs hommes avec la puissance d'une normalité avatarde, et leurs gosses avec des larmes d'amour du devoir, et leurs dieux comme le pain, la bagnole, les roses, le désert de mil, la croissance du PNB, les acrobaties du compte en banque, etc. Je laisse les gens réellement vivre comme s'ils mouraient à mes yeux, moi la révoltée qui porte une prétention à chier au couteau, comme si sans moi le monde allait flipper d'aller bien et si rapidement qu'il se retrouverait dans une panique totale de perdre sa re-belle, sa femme savante apatride, sa causeuse infatigable de misanthropie. Je suis le seul résultat efficace que le monde ait livré depuis des millénaires et ils ont réussi, de ce fait, à me séparer de la société avec un acquiescement très orthodoxe, ces politiciens qui ont fabriqué des régimes avec le sang des moutons et les voiles des femmes éparpillés dans le désert, avec une éternité de discours, une boucle des choses dites et connues par tous et qui n'arrêtent pas de se transformer à chaque fois qu'une nouvelle langue comme un prophète maudit descend sur la terre pour boire à l'auberge des putains et se transformer en superstar. Ils m'ont attachée à une barque, le regard défiant le soleil, ces gangsters qui prennent la mer pour le vagin de la méduse, ces artistes assoiffés d'être tout simplement sans interrogation, comme une phrase suspendue par son auteur lorsque quelque chose de très palpable s'était soudainement produit dans sa vie, qui ne pouvait achever la pensée antérieure ni la raturer, et cette dernière resterait l'erreur du destin fait à son auteur. Et ces artistes qui dessinent leurs pas en effaçant le sable pour grossir la mer, ceux qui caricaturent bêtement la nature à faire claudiquer les avenues et à enfoncer les gamins, ces artistes comme nous les aimons bien dans un feuilleton à mourir de notre accent très blême de vivre le suicide des émotions pour un convenu fabriqué par les câbles, les prêtres, les maisons de disques, les salles de théâtre, les professeurs de gym, l'armée et son grand-père le scout, les jardiniers des palais royaux, les cuistots des paquebots, les constructeurs de manuels, les creuseurs de caniveaux, l'architecte du pain, la première nana qui a donné au beignet sa forme bête et inutile, les entraîneurs des équipes de foot et ceux qui posent les numéros sur les dos des gamins en leur faisant croire qu'ils sont en train de jouer au foot, et ceux qui courent des kilomètres de jambes pour traverser la ligne jaune, et la navette spatiale elle-même qui veille sur nous tant qu'on n'a pas encore appris à la semer, et le diligenteur des brouillards, le tourneur du soleil, le voleur de rêves, les économistes qui mettent la crise sur une balance et finissent par te vendre un pays en fermant les yeux, ceux qui ont réglementé les casinos et qui disent : « Pile ou face ça tombe toujours pareil », les pas des piétons devant le feu rouge, les enseignants quand ils ont fini avec les gosses ils pleurent, ils pleurent, ils pleurent, trop touchants ils meurent dans le froid des glaces, leurs mains coupées du monde, leur regard triste, leur cœur disparu dans le léchage du cul de l'administration comme dans un centre pénitentiaire où la fermeture des portes évoque le bruit sexuel d'un étranglement et le charme féerique de la guillotine, les docteurs amoureux de leur passion qui finissent dans l'humble masure de leur solitude maladive à revivre les maux de leurs chers malades qui repoussent la mort pour la souffrance tendre afin de trouver une belle raison de ne plus être normaux, tous ces artistes ont fait passer la savonnette et tout s'est radiné au petit poil du puceau, dans le sens du chien. Tout a été mis en place et défendu pour que ça soit comme ça. Moi je veux des docteurs qui veillent sur des bâtiments abîmés en refusant de construire des temples et des palais pour de nouvelles injonctions...

Tout le monde applaudit en poussant des hourras. Antagona salue comme une grande cantatrice à l'opéra.

AMADOUS MAMADÉÜS, *qui a plutôt l'air de s'ennuyer à cette fête sur son canapé.* – Ma grand-mère rigolait devant la mort. On disait que les sorcières qui étaient favorisées par cette anomalie ne portaient pas la mort dans l'âme.

Silence. Tout le monde fait semblant de réfléchir à ce que vient de dire Amadous Mamadéüs.

ERDONIDUS AMANDÉÜS, *sur l'écran, couché sur la barque au milieu des cadavres.* – Je suis le dernier passager sur la barque. Le survivant du *Radeau de la Méduse*. Suis couché. Des jours et des semaines sont passés. Je n'ai pas mal, mais aucun de mes organes, je crois, ne fonctionne convenablement. Quelque chose m'a anesthésié. Je vis là, sur cette natte à la peau d'eau, yeux ouverts comme le jour, yeux ouverts même la nuit. Pas sommeil. Je suis fatigué de ne pas dormir.

CILOPHÉMÈNE. – Ça s'appelle l'insomnie.

BOULAS TERMINETATEUF. – La mort est un immeuble.

AMADOUS MAMADÉÜS. – Je suis au rez-de-chaussée.

BOULAS TERMINETATEUF. – Moi je suis sur la barque, comme les cadavres ambulants qui peuplent les salles de cinéma, parce qu'un vrai vivant c'est le gars qui est dans l'écran, sur la bobine complètement, celui qui est virtuel et sans cesse activant, qui s'en fout qu'on le regarde, ignorant qu'il y a des spectateurs par-dessus le monde pour chaque geste qu'il fait, à attendre six heures pour boire la bière, car le gars est un antibiotique. Et il vaincra.

ERDONIDUS AMANDÉÜS, *sur l'écran, couché sur la barque au milieu des cadavres.* – Pour un mort de première classe j'ai pris la couchette. C'est un train de nuit. Je dors les yeux ouverts sur des paysages liquides enfumés dans la nuit sur le hublot. Rien que des ténèbres. De la brume ou la fumée des mystères. Ce qui était des choses devient des évanescences. C'est le reflet de ma mémoire perturbée. Ces paysages n'existent pas. Je n'existe pas. Oh ! Ma tête, taisez cette histoire, et vite, avant que l'on se mette à palabrer au bord du comptoir.

BOULAS TERMINETATEUF. – Tu vois le gars qui se balade dans *2001, l'Odyssée de l'espace* ? Le cosmonaute perdu. Carl lui a fermé la porte du vaisseau, il lui a dit : « Tu ne rentreras pas dans le détroit, camarade. Ta mort sera une errance. » C'est moi.

AMADOUS MAMADÉÜS. – Et le type dans la dernière scène de *No Man's Land*, le gars couché sur la mine avec un travelling arrière en plongée, ben c'est moi.

CILOPHÉMÈNE. – Le gars qui n'aurait pas dû venir à la fête.

ANTAGONA DE PÉREGRINOS. – Femme de corps je suis femme d'esprit. Quand on a sa tête que toutes les choses ont assiégée, le matin est aussi lourd que le milieu de la nuit. Rien n'est calme pour une vie qui ne se peut raconter. Comment arrive-t-on à vendre son fils ? La conception de l'homme n'est pas parfaite à l'homme. Tout un chapelet de générations sacrifiées. T'as le père qui se réveille un beau matin et qui dit : « Notre enfant n'est pas quelqu'un, vendons-le. Regarde-le dormir sur son radeau, et jamais il ne crève. Tout ces bonus de sperme gaspillés inutilement dans la mer. Nos enfants ne sont pas nos enfants. Il n'est pas bon que quelqu'un devienne quelqu'un ici. Il n'est pas bon que quelqu'un devienne une personne tout simplement. Mon caprice de vieille chose dit qu'on ne peut qu'éviter de souffrir. Et quand une chose nous tient aux tripes on cauchemarde avec, on s'emprisonne à vieillir avec. Une chronique douleur de l'être appelée "sentiments". On se couche les yeux ouverts, et on n'attend rien, car la seule chose qui puisse nous arriver maintenant c'est "rien". Et voici notre tristesse lorsqu'on a tout dépassé avant de commencer. C'est une honte qu'on cultive, et cette honte pourrit notre vie. Mais il faut porter sa honte comme on porte son front. Ma vie, tu es encore plus vieille que moi. Les conditions de vie sont trop difficiles. » Ailleurs les gens disent : « Vivre est un exercice trop dangereux. On n'est pas faits pour être reçus à l'examen. » Ici les gens conçoivent que vivre fait partie d'un programme qui s'appelle « travailler ». Trouver du travail. « On » est une tare, un truc que bien des fachos comprennent. Mais les gens d'ici parlent de leur misère comme s'ils regardaient un documentaire à la télé, avec la fatigue des aprioris et la religiosité des attendus certifiés conformes, indémentis par toutes les politiques qui les ont faits comme des bêtes et qui ont chié des puces par après pour perpétuer la dynastie. *(Tout le monde applaudit. On vient lui faire des bises en guise de félicitations.)* Quelque chose a goût amer par ici. Moi je le sais, mais des comme moi ça s'appelle une race à part, la bande des dégénérés, la classe des oubliés, la ligue des débiles mentaux en première ligne. La preuve, on ne sait parler. Et jamais on ne saurait vous dire par écrit ce qu'on est en train de vous dire. Qu'est-ce qu'un bout de mot sur une feuille comparé à une vie sur la barque ? *(Tout le monde applaudit.)* Le reste du temps on embauche le vent par la monnaie de la colère. La seule chose qu'il nous est encore possible de faire circuler dans ce monde barricadé comme un territoire en pleine action génocidaire. On embauche le vent et on le fait fructifier, parce que, bien sûr, autant que vous emportez le vent servez-vous-en. Le vent ne fait de mal à personne. Mais par ici les femmes racontent toutes les histoires qui plaisent aux hommes, et les hommes redisent ce qu'ils entendent de leurs femmes à leurs maîtresses, et les ragots font monter les enchères, car pour échapper à la tristesse du lendemain on évite de radoter avec nos femmes. On fait l'amour par ennui, on tape sur nos gosses parce qu'il faut bien taper sur quelqu'un après qu'on nous a tapé dessus, on regarde la télé pour mourir en douce. Faire fi de tout et se shooter calmement devant des luminosités imbéciles, lobotomisé à la fraîche. C'est dur d'imaginer en être arrivés à renaître là, à utiliser les gens et les genres comme on déplace les chiffres pour formuler les statistiques. Avec les âges des gamins on parie sur la météo. L'homme est fait de couteau, sa langue est une lame, son crachat est brûlant, son sang est amer. *(Elle crache.)*

DODIMANUS BIENFÉTUS. – Il faut toujours que quelqu'un arrive. Quelqu'un doit arriver. Mais c'est ignoble que quelqu'un puisse acheter la misère de l'autre. C'est ignoble d'expliquer sa propre misère par la misère de l'autre. L'unique question de la misère, celle de l'autre par sa propre misère. Et quand elle finit de dire cette chose, la mer se soulève pour se pencher sur le radeau.

Tout le monde applaudit.

BOULAS TERMINETATEUF. – Super, mon cher Dodimanus Bienfétus. Quelle belle chute ! C'est à la chute que tu m'as eu. L'histoire de la mer qui renverse le truc…

LAPÉTA. – Ah ! C'est clair. C'est tout de suite un coup de maître, ça se voit. C'est court mais ça passe.

MÂ BOYI. – Et en plus avec nous qui venons d'arriver… et d'un autre côté ce gars sur la vidéo couché sur son radeau qui attend d'arriver… Là tout de suite on vient de recevoir un coup de fil du Congo… C'est chouette tout ça.

AMADOUS MAMADÉÜS. – Non. Moi je ne trouve pas. L'homme n'est quand même pas fait de couteau, faut pas déconner non plus. C'est de la pisse, c'est de la pisse, c'est tout. T'en veux t'en achètes.

DODIMANUS BIENFÉTUS. – La question c'est de savoir si on accepterait d'acheter des choses inutiles. La merde par exemple. On pourrait bien la vendre dans des supermarchés. La question n'est pas de savoir quoi en faire. La question c'est d'accepter le sens de l'inutilité. L'éprouver par elle-même. Ce qui ne donnerait pas du sens à l'inutilité, ce qui ne fustigerait pas ce qui est utile non plus. On n'est pas utile parce qu'on est payé. On n'a pas de sens pour ce qu'on nous paye. La grande partie des gens ne te sont pas indispensables à toi personnellement. Ils le sont peut-être pour d'autres. Regarde, le nombre de feuilles sur un arbre, en termes d'utilité c'est pas si important que ça. Bien sûr que c'est pas capitaliste ce que je dis. Mais si y a un endroit où tout ce que je dis trouverait du sens c'est bien en Amérique, bien que je ne sois pas capitaliste, Banque mondiale, FMI, mondialisation forcée à coups de dettes et autres stratégies d'arnaque qui se prennent pour des programmes de développement durable dans la mort, parce que là je pourrais vendre de la merde à tout le monde, même leur propre merde qu'ils ont chiée la veille. Et non seulement ils en achèteront mais le pire c'est qu'ils savent très bien qu'ils feront rien avec. Et bien que je fasse fortune je sais que je les appauvrirais. Mais ils le savent. Et cela ne les empêcherait pas d'acheter de la merde inutile pour s'appauvrir et me rendre plus riche. Je précise : « merde inutile », pléonasme. Car le jeu est vachement théâtral.

BOULAS TERMINETATEUF. – Mais est-ce que tu vendrais le cadavre de ton père ? Ah ! Déjà que tu ne vendrais pas sa vie… Combien de fois son cadavre ? Bah ! C'est la seule chose qui pose des questions. Tu vis, on s'en fout. Tu crèves, là tout de suite y a un problème. T'es là, tu vis et la police te laisse passer comme une merde, pour revenir à ta merde Dodimanus Bienfétus, mais tu crèves tout de suite, un cadavre, la police s'arrête. Là tu les intéresses. Toi t'es là tu n'intéresses pas la police mais ton cadavre, tout le monde s'arrête, les journaux, les reporters, les saoulards dans les bars, les taximen qui font semblant de klaxonner quatre fois, ça les intéresse, les gosses qui se penchent sur la vitre de la voiture avec l'appétit de goûter les cadavres, tout le monde s'y met. On en parle. Ça réveille tous nos instincts. Et c'est pas parce que t'es plus. Non. C'est faux. Sois porté disparu c'est juste ta famille, deux potes et un commissaire qui cherche une promotion qui vont s'inquiéter. C'est tout. Le reste on s'en fout. C'est pas la disparition, c'est même pas la mort, ni le fait que tu sois mort. C'est le cadavre qui nous parle. C'est le cadavre qui nous parle. C'est le cadavre qui nous parle. Même, j'ai vu, puisque j'ai voyagé un peu, même dans des contrées où la vie d'un être humain n'est rien du tout, c'est pas la mort qui est une chose trouble là-bas, c'est le cadavre. La vie ne coûte rien, le cadavre dit tout. Tuer quelqu'un c'est pas si grave que ça, c'est tuer le cadavre de quelqu'un qui est compliqué. Ça c'est dur. Ça, je veux dire, ça soulève la réelle question qui importe sur tout ce qui n'est pas utile ou qui dépasse tout rapport de la vie et de la mort. On ouvre un troisième espace là.

ANTAGONA DE PÉREGRINOS. – Ouais, tout ne peut être vendu, ouais, tout n'est pas à vendre, ouais, ouais, tout n'est pas qu'affaire d'argent, ouais, y a des choses pas commerciales, foule sentimentale. Merci bien. Ben, ça c'est quand on a l'argent justement, qu'on n'est pas obligé de vendre. Ça c'est quand on a l'argent justement, qu'on n'est pas obligé de fixer un prix. La maman aime sa fille et elle la vend pour la protéger.
On a une vie de rien. On ne peut rien garantir. Même notre pauvreté il faut la vendre sinon on ne pourra même pas vivre avec. Ça coûte cher de rester pauvre. La pauvreté est un investissement monstrueux, une grosse affaire, et elle marche à tous les coups. C'est un business, un marché énorme. On parie sur les têtes des gens pour qu'elles tiennent, c'est dire que ce n'est pas une sinécure. La grandeur se couche dans la pauvreté, ça vous le savez, ça. Alors quand on est pauvre tout a un prix, tout. Quand on est pauvre on accepte tout, je dis bien tout. On vend son âme, son château, sa terre, ses papiers, son sexe, le cœur de son mari, les études de ses enfants, son respect, son nom, sa nationalité, ses actions, on privatise son pays, l'avenir de ses moutons, tout. Quand on

est pauvre on vend sa femme, sa forêt, ses rivières, le cerveau de sa mère, la bague de fiançailles de son arrière-grand-mère, son dieu et ses anges, son autorité, son droit d'aînesse, son orgueil, sa paix, sa personnalité, son diable, ses maîtresses, son royaume, sa médaille d'or aux Jeux olympiques, son Molière, sa ceinture de champion, son titre. On vend tout ça. Quand on est pauvre rien ne résiste à rien, rien ne résiste à l'argent. Et tu apprends, et tu acceptes avec ta grande gueule, le comble de la misère. On vend son arme, sa prose, on vend sa merde, on vend son sperme, ses ovules, ses droits d'auteur, on vend le « je t'aime », on vend la haine, on vend la colère, on vend le merci, on vend le pardon, on vend la raison, on vend le retard, on vend la chance, on vend son art, on vend sa culture, on vend le rien, on vend le vent… Une fois j'ai écouté les collègues du travail discuter entre elles : « Comment peut-on vendre son fils ? Mon Dieu ! C'est inadmissible ! » Les connes ! On vend la culotte sale de Madonna et la vilaine ceinture de Michael Jackson. Mais y a un problème, on ne rachète plus. Quand c'est gâté c'est gâté. Faut acheter encore !

Un froid. Tout le monde semble consterné.

ERDONIDUS AMANDÉÜS, *sur l'écran, couché sur la barque au milieu des cadavres.* – Et là j'ai le brouillard qui me remonte à la surface. Les dernières nuits d'Olympe qui se versent dans le matin martelé de canons de fête, et la douceur de Neptune sur la rosée qui porte la barque comme une natte au-dessus de la forêt.

CILOPHÉMÈNE. – Musique ! Faut chasser le silence. On n'a pas fini d'être bourrés. Allez ! Du vin, de la bière ! On fait la fête jusqu'à *fatiguer*… Rien ne va s'arrêter. Tout doit se discontinuer jusqu'à oh là là ! Dansons, dansons, mes amis. Faisons la fête ! Inventons la joie ! Ça c'est du vivant. On n'a que ça à foutre. Pas vrai ? Allez ! Bougez ! Cool !

La musique monte. L'ambiance reprend avec euphorie. Tout va très vite. Ça danse, ça se jacasse partout, ça se lâche, ça perd le contrôle, ça devient dingue. Sauf Amadous Mamadéüs qui a plutôt l'air de s'ennuyer à cette fête sur son canapé.

AMADOUS MAMADÉÜS. – Je me dis : ça y est ! C'est maintenant qu'on va sans doute m'aimer. Forcément ! Attends, suis perché comme un ermite, rond comme un moine, j'ai quarante balais, suis mort… Putain, c'est la classe. Vous avez créé l'Apocalypse oui ou merde ? Oh ! Les vieux ! Je dois être aimé, faites qu'on m'aime !

CILOPHÉMÈNE. – En principe c'est à ce moment-là qu'il se tire une balle dans la tête.

(Et la musique devient de plus en plus forte.)

En principe c'est à ce moment-là qu'il se tire une balle dans la tête.

(Amadous Mamadéüs, toujours assis sur son canapé depuis le début, sort un pistolet de sa poche, et sans cérémonie, il se tire une balle dans la tête. Personne n'a rien vu.)

En principe c'est à ce moment-là qu'il se tire une balle dans la tête.

(Tout le monde s'en fiche. Ils dansent.)

En principe c'est à ce moment-là qu'il se tire une balle dans la tête.

(Amadous Mamadéüs s'écroule au beau milieu de la piste de danse. Tout le monde rigole. Un à un sort son flingue et se tire une balle dans la tête. Ils tombent et se relèvent.)

Un à un se tire une balle dans sa petite tête.

(Tombent et se relèvent. Personne ne meurt. Sauf Amadous Mamadéüs qui agonise.)

Un à un se tire une balle dans la tête.

(Tombent et recommencent.)

Un à un se tire une balle dans sa petite tête de con.

(Tombent et recommencent. Ils sont tous couverts de sang. Tout est couvert de sang. Amadous Mamadéüs agonise. La fête continue.)

Un à un se tire une balle dans sa petite de con.

(Tombent et recommencent. Couverts de sang. Tout est couvert de sang. Amadous Mamadéüs continue d'agoniser sur le plancher. La fête continue aussi.)

On n'arrête pas le spectacle. Un à un se tire une putain de balle dans sa petite tête de con. La mort est un immeuble. Huitième étage.

(Tombent et recommencent…)

Un à un se tire une putain de balle dans sa petitesse de con, bordel ! La mort est un immeuble. Douzième étage.

(Tombent et recommencent…)

Un à un se tire une putain de balle dans sa petite de con, putain de bordel ! Vous allez arrêter ?

(Tombent et recommencent…)

La mort est un immeuble, nous en sommes encore au quinzième étage. Patience, Cilophémène. On va y arriver. Mais non !

ERDONIDUS AMANDÉÜS, *sur l'écran, couché sur la barque au milieu des cadavres.* – Je suis le premier homme sur la mer. Je n'en peux plus de mourir de mon dernier souffle qui ne s'en va pas. Le froid le rattrape et le retient. Il est bel et bien sur la barque à côté de moi. Et les vapeurs de Neptune sèment la pâleur des hivers sur son visage. C'est peut-être ça qu'on appelle « l'espoir ».

CILOPHÉMÈNE. – Vingtième étage…

Amadous Mamadéüs suffoque et toussote. Arrive un docteur qui lui tâte le pouls.

AMADOUS MAMADÉÜS. – Je suis resté seul à lutter sur la barque. Je me revois rentrant de la campagne au volant de ma voiture avec des enfants dedans et la fumée me couvrait le visage. Et subitement… Je ne vois rien en ce net instant. Pourtant j'aime la fumée quand elle ne fait pas mal aux yeux. Je trouve qu'on devrait continuer à rester vivant, bien droit sur terre, avec tous nos avantages, et être aimé sans être jugé.
Et je te cherche. T'es où ? Où es-tu ? Bah ! L'amour, quoi. Toi que je n'ai pas, que je ne connais pas, que je n'ai jamais vu. Je te cherche dans le froid des midis, dans la chaleur des minuits, avec ma lampe à la main au cœur du soleil. J'ai si froid dans l'âme. Si froid. Je me disais que ça devrait aller, que je devrais

simplement arrêter de trop en faire pour que ça aille mieux. Mais déjà je ne sens plus rien. Oui. C'est fait. Maintenant je me souviens de tout. Mais il est trop tard. Les souvenirs. Ça fait mal les souvenirs. C'est comme les rêves. Plus je reste dans le brouillard et plus je flippe. Et maintenant où vais-je aller ? Moi je n'ai jamais réussi quelque chose. Suis jeune mais je n'ai plus de temps. J'ai quarante ans mais suis déjà mort. Je n'ai plus de vie. Suis mort. C'est mon ultime façon de continuer à vivre. Mourir au lieu de me plaindre. Je voulais être aimé. Toute ma vie j'ai attendu d'être aimé. J'aime quand les gens sont obligés de vous aimer. Je me disais qu'on allait forcément m'aimer moi aussi. Et c'est peut-être ça la solution à tout. Dépasser tout par le fait qu'on est aimé. La clef de tous les mystères. J'ai tout fait pour être aimé. Tout fait maladroitement bien sûr. Être aimé, c'est mon unique obsession. Je dois vous avouer, docteur, je rêve tous les jours que mes amis me trompent. Je n'ai vraiment pas de véritables amis. Mais je rêve qu'ils me trompent. Avec qui ? Je ne sais pas. Mais ça doit être avec quelqu'un qu'ils prennent tous pour moi. Je suis désolé de ne savoir faire autrement que penser à mal. C'est une seconde nature chez moi. Et là, présentement, tout ça me fait penser à quelqu'un qui va chez le psy et qui raconte sa vie allongé sur la table de la boucherie. Et toute sa vie se segmente par tranches de viande, boudin après boudin, merde après merde. Je dois m'excuser pour le gros mot, docteur.

Cilophémène se dirige vers la fenêtre avec son verre de vin à la main. Elle fixe dehors. Un homme marche seul dans la rue, le dos tourné à la fenêtre. Puis l'homme s'arrête. Il se tourne et découvre son visage.

C'est Erdonidus Amandéüs. Cilophémène sourit en le voyant. Le regard d'Erdonidus Amandéüs monte les étages de l'immeuble et s'arrête soudain devant la fenêtre où Cilophémène le regarde.

CILOPHÉMÈNE *crie en direction d'Erdonidus Amandéüs.* – Vingt-deuxième étage !

ERDONIDUS AMANDÉÜS, *le vrai, celui de la rue, crie.* – J'arrive !

8 septembre 2014,
Mpissa.

TABLE DES MATIÈRES

Achevé d'imprimer par France Quercy, 46090 Mercuès
N° d'impression : 61037 - Dépôt légal : octobre 2016

Imprimé en France